ELENA
FERRANTE

偶然的创造

〔意〕埃莱娜·费兰特 著

陈英 邹颖迪 陈杨琪 译

L'INVENZIONE
OCCASIONALE

人民文学出版社
PEOPLE'S LITERATURE PUBLISHING HOUSE

著作权合同登记号　图字 01-2022-0350

图书在版编目（C I P）数据

偶然的创造 / (意) 埃莱娜·费兰特著 ; 陈英 , 邹颖迪 , 陈杨琪译 . -- 北京 : 人民文学出版社 , 2022（2024.1 重印）
（埃莱娜·费兰特作品系列）
ISBN 978-7-02-014616-1

Ⅰ . ①偶… Ⅱ . ①埃… ②陈… ③邹… ④陈… Ⅲ . ①随笔－作品集－意大利－现代 Ⅳ . ① I546.65

中国版本图书馆 CIP 数据核字 (2022) 第 039043 号

责任编辑　朱卫净　潘爱娟　邰莉莉
封面设计　李苗苗

出版发行　人民文学出版社
社　　址　北京市朝内大街 166 号
邮政编码　100705

印　　制　凸版艺彩（东莞）印刷有限公司
经　　销　全国新华书店等

字　　数　80 千字
开　　本　720 毫米 ×1020 毫米　1/16
印　　张　7
版　　次　2022 年 4 月北京第 1 版
印　　次　2024 年 1 月第 2 次印刷
书　　号　978-7-02-014616-1
定　　价　75.00 元

Contents

目录

冲击

2017 年秋，《卫报》编辑邀请我开设一个专栏，每周写一篇文章。这个提议让我受宠若惊，但又有些担忧，我从来没有写过专栏，怕自己不能胜任。再三犹豫之后，我告诉编辑，如果他们发给我一些问题，每次我用他们限定的篇幅进行回答，我会接受他们的提议。编辑马上接受了我的请求，而且我们商量好了，这个专栏不会超过一年。一年慢慢过去了，对我来说，这是很有教益的一年。我之前从没处于这种必须写作的境地，需要在限定的篇幅内，围绕着一个主题，而且都是围绕那些耐心的编辑为我选择的主题来写。我习惯于自己去寻找一个故事、一些角色、一种道理，艰难地写出一个又一个词语，也会删掉很多内容；最后，假如我写出来了，我的文字首先会令自己很吃惊。就好像刚开始我的思路并不是很明确，但后来一个句子引出另一个句子，我不知道结果是好是坏，不管怎样，文章已经在那里了，需要在这个基础上进行加工，让文本呈现我想要的样子。可我写给《卫报》的文章不同，编辑选择的主题，还有写作的紧迫感对我的冲击很大。我在写小说时，初稿写出来之后，我会经过很长时间，有时甚至是极长的时间进行挖掘、重写、补充或仔细精简。在写这个专栏时，整个过程没那么复杂。这些文字是在记忆里快速搜寻产生的，我会找出一些比较有代表性的事例，不自觉地运用到多年前读书时形成的一些观念。这些观念起初并不系统，但后面经过其他阅读，就连贯起来了，再加上写作时限催生的灵感，但因为篇幅有限，最后不得不草草结尾。总而言之，这对我来说是一种全新的训练：每次我匆匆忙忙，把水桶放入我头脑中的“水井”深处，总是会打捞上一个句子，我满心期待其他句子也会接踵而来。目前我得到的结果就是这本书，它从 2018 年 1 月 20 日偶然开始，到 2019 年 1 月 12 日自然结束，第一篇文章是并不确信的《第一次》，结尾一篇是《最后一次》。我曾试图把这些文章进行编排，我拟定了各种目录，把文章按照某种次序排列起来，就像它们是基于一个严格的规划写出来的，但我觉得太浮夸了，不符合实际。最终我还是根据发表日期把这些文章放在一起，再加上了安德烈亚 · 乌奇尼那富有想象、色彩绚丽的插画。首先我自己心里清楚，这些文章是偶然创造的，也就是说，这就像我们生活在这个世界上，我们要随机应变，应对生活中每天发生的事一样。

2019 年 3 月 18 日

专栏文章

第一次

不久前，我打算讲述我经历的“第一次”。我罗列出了一些：第一次看海、第一次醉酒、第一次坐飞机、第一次恋爱和第一次做爱。这是一项既吃力又不讨好的事儿。从另一方面来看，还能怎样呢？我们常以过度宽容的心态来看待第一次。正因为是第一次，因为经验不足，它们很快就被随之而来的一次次吞没，还没来得及呈现出独立的形状。然而我们总是觉得第一次独一无二、不可取代，我们常常充满兴致，有时带着遗憾回想起这些第一次。我的写作计划马上就要起航了，但我试图写出我的初恋时，由于第一次本身固有的矛盾，我的计划马上就搁浅了。在这种特定的情况下，我苦苦搜寻记忆里的点点滴滴，可是能想起的却是寥寥无几。他又高又瘦，我觉得他很帅。当时他十七岁，我十五岁，我们每天下午六点见面。

我们经常去汽车站后面一条没人的小巷，他会跟我说话，但话很少，也很少吻我、抚摸我，他特别喜欢我抚摸他。一天晚上——那是晚上吗？我吻了他，我真希望他也那样充满激情地吻我。我用一种贪婪、不知羞耻的方式吻了他。在那之后，我便决定不再见他。不过这件事——故事中最核心的部分，我不知道它是不是真的发生在那种情境下，还是发生在后来长长短短的恋情中。还有，他当时真的那么高吗？我们真的经常在汽车站后面的小巷里见面吗？最后我才发现，关于初恋，我只清楚记得当时纷乱的心情。我爱那个男孩，以至于一见到他，我便仿佛感受不到周围的世界；我感觉快要晕厥，并不是因为虚弱，而是因为能量过于充沛。这对于我来说远远不够，我想要得到更多。让我奇怪的是，他在非常渴望我之后，会突然间好像觉得我是多余的，最后跑掉了，仿佛我对他已经没有任何用处了。好吧，我对自己说，你就写初恋有多神秘，多空洞。可我在上面花得心思越多，写下的却更多的是当时的渴望、忧虑和不满。因此写作也会开始反抗，它往往会填补空缺，会赋予这段经验在青春逝去之后固有的感伤。所以我决定不再写有关第一次的故事了。我们最初的样子，只是我们经历沧桑之后，在对面河岸上回望时，看到的一片模糊的颜色。

2018 年 1 月 20 日

恐惧

我不是一个大胆的人。首先我害怕所有爬行动物，尤其是蛇。我怕蜘蛛、蛀虫、蚊子甚至苍蝇。我恐高，所以害怕乘坐电梯、缆车和飞机。我甚至害怕我脚下的地面忽然裂开，或者整个宇宙的运作出现故障，我会像小时候儿歌里唱的那样掉下去：手拉手，转圈圈，天塌了，地陷啦，所有人都掉下来了。这首儿歌一直让我很恐惧。我害怕那些忽然变得暴戾的人：如果他们大喊大叫、骂人、说出羞辱别人的话，我会很害怕。斗殴、锁链、利刃、枪炮和原子弹，更让我恐惧。然而从小时候起，每次需要我表现得大胆时，我都会迫使自己大胆。很快，我就不再害怕真实存在或想象中的危险，更多的情况是，当其他人像我原来那样吓得无法做出反应，如同瘫痪了一般时，我反倒会勇敢站出来。我的女性朋友因为看到蜘蛛而尖叫？

我强忍住恐惧和厌烦，去把它弄死了。我喜欢的男人提议去山里度假，我们不得不乘坐高空缆车，那怎么办呢？我会吓出一身冷汗，可我依然要硬着头皮去。有一次我拿着扫帚和簸箕，一边惊叫，一边把一条蛇丢到外面，那是我家猫带到我床底下的。如果有人威胁到我女儿和我，威胁到任何人、任何温顺的动物，我会战胜自己，不会临阵脱逃。现在大家通常认为，如果能像我这样，训练自己临危不惧，并做出反应，这就是真正的勇敢，真正的勇敢就是克服恐惧心理，但我不同意这种说法。我们这些能战胜恐惧心理、勇敢的人，最害怕的事情就是失去自尊。我们常常自视甚高，不想面对真相，经常会不顾一切地勇敢表现自己，就是为了避免让别人看到我们弱小的一面。简而言之，我们战胜恐惧心理，不是出于对他人的关爱，而是出于自私。我不得不承认，我很害怕自己。很长时间以来，我知道有时候我反应有些过激，因此我试着改变从小强迫自己养成的临危不惧的习惯。我正学着接受恐惧，甚至以自嘲的方式表现出来。当我用一种过于夸张的方式，让几个女儿远离那些大大小小或臆想的危险时，她们为我的反应感到害怕。当我意识到这一点之后，我便开始接受恐惧。也许，最应该害怕的是那些受到惊吓的人的过激反应。

2018 年 1 月 27 日

写日记

从我少女时期起，我写了几年日记。我那时是个羞怯的少女，总是逆来顺受，大部分情况下我都不说话。然而在日记本里，我却可以毫无顾忌：我详细地写下了每天发生在我身上的事情，还有那些最隐秘的事情和大胆的想法。这本日记让我很担心，我怕我家人，特别是我母亲发现我的日记本并看到里面的内容。我一直想为日记本找一个安全的地方，但我很快就发现，我找的地方都不那么安全。为什么我会那么担心呢？因为在日常生活中，我由于尴尬和拘谨，从来都不会说什么，日记激起了我说出真实想法的强烈愿望。我觉得，在写作中没有必要抑制自己的感情，结果是，我尤其会写，或者说我会写出我平时不会说的话，用一些平时不敢用的词汇。这样就形成了一种让我疲惫的处境：一方面，我每天都在努力遣词造句，向自己证明我是个绝对诚实直率的人，没什么能阻止我说出我想说的话；另一方面，我很害怕有人会看到我的日记。这种矛盾心理一直伴随了我很长时间，现在，从许多方面来说，我还是能真切感受到这一点。那些暗藏在心底的秘密，如果我没写出来，就不会有人知道，既然我选择写出来，那为什么还会生活在焦虑中，时刻担心我的日记被别人看到呢？在大约二十岁时，我似乎找到了一种平息焦虑的办法。我不应该再通过日记，来释放自己想说出真相的欲望，记录那些最难说出口的事实，我应该通过虚构的小说来表达。我走上了虚构的道路，因为日记本身也变成了虚构。比如说，我常常没时间每天都写日记，这样我会觉得事情的前因后果中断了，我会写一些文字来填补空白，然后写上已经过去的日期。为了补充日记的内容，我必须记叙一些事情、一些反思，那种连贯性是每天记叙的日记里所没有的。极有可能，我写日记的经历，以及其中的矛盾心理，和我成为小说家密切相关。在虚构小说中，我感觉自己以及我想要说的那些真相会相对比较安全。因此当新的写作方式开始站住脚之后，我就扔掉了所有日记本。我之所以这样做，是因为我觉得日记是一种比较粗糙的写作，里面没有什么思想，充满了幼稚的夸张，特别是我写下的东西与我记忆中的青少年时期相去甚远。从那以后，我便觉得再也没必要写日记了。

2018 年 2 月 3 日

生命的尽头

我现在越来越频繁地听我朋友（男女都有）说：我最害怕的不是死亡，而是疾病。我有时也会这么说。当我思索这句话并明白了背后的意思后，我发现对我而言，我想说的是，我觉得停止存在并不可怕，可怕的是治疗过程中出现的问题，你对康复心存幻想，但最终失望，总之是对临终的痛苦感到害怕。这就像我坦然承认，真正令我担忧的是身体不再健康时带来的一系列问题：虚弱、逐渐失去活力。人生唯一纯粹的乐趣就是我还是“我”，现在不管怎样，我还活着。因此我觉得我对死亡本身的恐惧渐渐淡化了，我更害怕的是那种十分充实的愉悦生活没有了。这是因为就我而言，一段时间以来，我已经不再相信存在另一个世界。我现在还记得祖母去世时的光景，她是家中最活跃的人，后来因中风瘫痪了好多年。那时我顶多十岁，她当时待在厨房的一个角落里，虽然她并没用眼神向我表明那种无法忍受的东西，但我能感受到她的痛苦和屈辱。随后死神突然来临，我按照我接受的宗教教育，面对了这场死亡。对我来说，这意味着她已经去了天堂，只留下了一具僵硬、冰冷的身体。她的死亡具有十分明确的特征，我感觉那是一种很恐怖的静止，还会发生神秘的位移，祖母的生命结束了，她去了另一个世界。后来，任何形式的宗教信仰，在我看来都很荒谬，就像死亡变得残缺，只剩下静止，那种位移消失了。死去的身体变成了一种符号，是一个特定的生命走到尽头的标志。现在我从不会说：他走了。我已经丧失那种去往别处的信仰，没什么飞升，不存在另一个世界，死去的人不会归来，也不会再复活。死亡是我们生命旅程的最后一站，会偶然降临到我们头上。所以我和大多数人一样，关注焦点并不是死亡，而是疾病。我们希望寿命尽可能长，也希望当身体恶化到无法治愈时，就尽快结束。我不知道是这种成年后形成的观念好，还是青少年时期的信仰好。这些信仰没有好坏之分，它们的作用是建立某种秩序，平息我们痛苦时纷乱的内心。

2018 年 2 月 10 日

虚构与真实

我无法在真实与虚构之间画一道分割线。比如说，我构思了一个故事：我当时四十八岁，那是冬天，我在一个空荡荡的乡下房子里。我在淋浴房里，水龙头关不上，热水已经用完了。我真的经历过这种事吗？没有。我认识的人经历过这种事吗？是的。这个人当时是四十八岁吗？不是。那我为什么要以第一人称编造这个故事，好像它真的发生在我身上呢？为什么这件事发生在夏天，我却说是冬天？为什么当时还有热水，我却说热水已经用完了？为什么在真实情况下，那人在五分钟内就脱身了，我却让那女人在浴室里待了好几个小时？为什么我要用很多其他插曲、其他情感、焦虑和可怕的想法把故事复杂化呢？其实他们给我讲这件事的时候，那是一件很简单、无关紧要的小事。我可以回答这个问题，因为我正在试图按照果戈理总结出的原则，写一部长篇小说。他是这样说的：给我一件日常生活中再平常不过的事，我都可以写出一场五幕喜剧。但我觉得这个回答不尽人意。为了让自己想清楚这件事，我假定自己带着相反的意图。假定说，我要写一部五幕喜剧，我厌烦了到处搜寻奇闻趣事，我想严格按照我朋友的经历来写。于是我去找她谈，我会带着iPAD，甚至会录制一段视频，我想尽可能尊重事实，和她讲述的故事高度吻合。我回家开始创作，我反复阅读我记的笔记，一遍又一遍看视频，一遍又一遍听录音。但我很不安，我朋友真的把事情经过如实告诉我了吗？为什么当她谈到出了问题的淋浴房时，会语无伦次？为什么她刚开始说得头头是道，后面会出现病句，甚至是方言的味道？为什么她说话时，总是望向右边呢？右边有什么东西？那是我在录像中、在现实中无法看到的。当我动笔写时，我要怎么写呢？我会努力猜想右边隐藏着什么吗？还有她对我隐藏了什么吗？我会整理她的语言吗？我会模仿她语言中的混乱吗？我会突出她的语无伦次吗？将其夸大，让它变得更明显吗？我会怀疑她讲的故事，提出一些假设来填补空白吗？总之，作品的可信度离不开我的想象力，也需要通过想象实现一种连贯性。需要赋予故事条理和意义，在必要时，甚至要模仿缺乏条理和无意义的语言。任何文学创作，因为它本身的性质，总会带有某些虚构、人工的成分。正如弗吉尼亚·伍尔芙所说，差别在于，虚构的故事最终能捕捉到多少真相。

2018年2月17日

语言的民族性

我爱我的国家，但我没什么爱国主义精神和民族自豪感。尤其是，我很难消化披萨，我几乎不怎么吃意大利面，我不大声说话，也不爱做手势，我讨厌所有黑手党，我从来不会感叹：我的妈啊。我认为，民族特点是一些简化的东西，需要与之进行抗争。作为一个意大利人，对我来说，只代表我用意大利语说话和写作。这么说似乎没什么，但非常重要。语言是历史、地理、物质和精神生活的总括，不仅反映了运用这种语言的人的美德和恶习，还映射了数百年来，讲过这种语言的人的美德和恶习。词汇、语法、句法是雕琢思想的“凿子”，更别说文学传统了，这是一座神奇的“冶炼厂”，把几百年来积累的那些粗糙经验进行提纯，那是智慧和表达技巧的宝藏，我从中汲取了很多养分，形成了自己的风格，我对此很自豪。因此，我说我是意大利人，那是因为我用意大利语写作，我想说的是，我是一个彻头彻尾的意大利人，我用意大利语写作，这是我民族认同的唯一方式。我不喜欢其他方式，或者说，其他方式会让我感到恐惧，特别是当它们变为民族主义、沙文主义或帝国主义时。他们通过一种卑劣的方式利用这种语言，要么故步自封，试图保持一种没有什么用也不可能的纯洁性；要么通过经济霸权和武器来推广自己的语言。这种事已经发生过了，而且它还在发生，将来也还会发生。这是一种罪恶，它试图消灭差异，从而使我们所有人的语言变得贫瘠。我倾向于把语言的民族性作为对话的出发点，要努力跨越界限，要看到界限之外的东西，尤其是种族界限。因此我心目中唯一的英雄是翻译家（我崇拜那些可以同声传译的人）。我喜爱那些译者，他们也是热心的读者，他们孜孜不倦地进行翻译。正因为他们的工作，意大利文化会在世界上进行传播，使世界变得丰富多彩；世界上的其他语言，也会改变意大利文化。那些翻译家会把一个民族的东西带入其他民族，他们首先会感到那种差别和距离。即使是他们所犯的错误，都是一种积极努力的证明。翻译可以拯救我们，把我们从出生开始，偶然落入的井里拉出来，让我们避免坐井观天。毫无疑问，我是意大利人，我很自豪。如果可以的话，我愿意沉浸在所有语言里，让它们改变我。即使是并不可靠的谷歌翻译，它长长的源语言和目标语言列表，也能让我觉得安慰。我们碰巧成为自己，但我们可以不止于此。

2018 年 2 月 24 日

开怀大笑

我很爱笑，笑起来肆无忌惮，有时会笑到嘴巴边的肌肉有些酸痛。我也喜欢逗人笑，但是我并不擅长逗乐，通常我觉得特别滑稽的东西，没人觉得好笑。还记得一幅漫画，小时候我觉得它很有意思。画面上可以很清楚地看到禁止鸣笛的标识：喇叭圈在一个圆圈里，上面按照常规画了一道斜线。在不远处画了一辆敞篷车，车前面有一个行人，正在心不在焉、不紧不慢地往前走，车子停在那里，无法前行。画面上的司机，整个身子都探出了挡风玻璃，他一只脚踩在座椅上，另一只脚踩在引擎盖上，在那位路人的耳边拉小提琴。我当时看到这幅漫画就笑了起来。我朋友说：这有什么好笑的？是啊，为什么好笑呢？到现在我也不是很明白。当然，我喜欢这种类型的笑话，我喜欢和会讲类似故事的人在一起。也许我笑是因为，那个司机只是从字面上去理解“禁止鸣笛”这个符号。但显然，禁止鸣笛，并不禁止拉小提琴。为了示意行人走开，他就开始拉动琴弓。我笑也许是因为我觉得，拉小提琴并不仅仅是绕过禁令，而是用一种更温和的方式来取代烦人的喇叭声。我笑也许是因为那些禁令会让我不安，一种礼貌性的违规，几乎不算是违规，可以缓解这种不安。对我来说，大笑只有这种功能：它可以使绷得很紧的神经松弛下来，让处境变得可以忍受。除此之外，我觉得大笑的作用被高估了，大笑只是在极短时间里舒一小口气。我不相信，我从来不相信，大笑能化解权力的施虐，任何权力都不会因大笑而放慢步伐。是的，一些可笑的故事会烦扰那些有权有势的人，却并不能埋葬他们。就像笑一笑，丝毫不会减轻疾病和死亡对我们的威胁。但当我们笑时，我们可以不那么强烈地感受到生活的束缚。正是因为这个原因，从文学的角度看，最让我感兴趣的笑，是那种在不可思议、荒谬的情况下爆发出来的，有时候是恶意的笑。在斯坦尼斯拉夫·莱姆的《其主之声》中有这样一个场景：面对临终的母亲，九岁的男孩来到了母亲的房间，在镜子前做鬼脸，最后笑了起来。面对难以忍受的事，这种笑是文学上的冒险，现在却是最令我感兴趣的笑。

2018 年 3 月 3 日

怀孕

我之前是个很糟糕的母亲，也是个最好的母亲。怀孕会改变一切：身体、情感，还有生活中的轻重缓急。一直以来，我们习惯于认为自己是一个独立、不可分割的个体，怀孕后，这种状况被打破。现在我们有两颗心脏，我们身体里的所有器官都成了两个，性别也是一样，要么成为女性加女性，要么成为女性加男性。我们是可以分割的，这不是比喻，而是我们的身体的真实状况。当这种状况第一次发生在我身上时，我觉得难以接受。怀孕对我来说，首先是头脑中的不安，我觉得，这就像打破了原本就摇摇欲坠的平衡，撕开人类的脆弱面具，露出背后的动物本性。在怀孕的九个月里，我的心情就像在荡秋千，既欣喜又害怕。分娩很恐怖，但也很美好。独自照顾刚出生的女婴，既没有钱，也没有任何人帮忙，这让我身心疲惫，几乎不怎么睡觉。我很想写作，但我从来没有时间，就算有时间，我的注意力也只能集中那么几分钟，我很快就睡了过去，但也睡不安稳。后来，一切慢慢变得越来越好。现在我觉得，没什么比把一个孩子带到这个世界上更让人喜悦的事，这是一件很享受的事。当然，我失去了很多写作的时间。我小时候想象自己会没有孩子，会彻底投入到热爱的事情中去。我特别敬佩那些选择不要孩子的女人，可以说，直至今日我仍很钦佩她们。我知道，有些女性拒绝做母亲，这可以理解，但我不能容忍或者说很难理解那些不顾一切想要怀孕的女人。在很久以前，我对这类女人怀有一种讽刺态度。我心里想：如果你想要很多孩子，这个世界上有许多需要关爱的孩子。但事情并非我想的那样简单。现在我认为，生育是女性的基本诉求，我们要牢牢把握我们女人的这个特性：孕育和生产新生命。男人一直很嫉妒这种只有我们女性才有的体验，他们经常梦想男性的孕育方式，有时在神话中，有时通过某些宗教仪式体现出来。不仅如此，在隐喻层面，他们很快将孕育和生产据为己有，他们认为，男性有“孕育”世界形态的能力，只有他们能够“生产”出伟大的杰作。现如今，我们女性也在一天天展示出：女性在隐喻层面，也有“孕育”和“生产”的能力。但在真正成为母亲这件事上，却蒙上了让人不安的阴影，人们可以在市场上找到代孕的人。与此同时，有人已经开始宣称：在无数使我们的身体功能得到延伸的机器中，他们也在研发一种机器——一个人造子宫，可以让女性免受孕期的痛苦。在这方面，我倾向于认为，女性完全没必要摆脱这个功能。孩子展示出女性身体伟大、无与伦比的创造力，我们生孩子不是为了任何人，不是给那些疯狂的父亲，不是为了祖国、机器，也不是为了应对越来越残酷的人生。

2018 年 3 月 10 日

讨厌的女人

因为我自己的立场，我不愿说其他女人的坏话，即使她得罪了我，让我难以忍受。我强迫自己采取这样的立场，因为我很了解自己作为女性的处境，我在其他女性身上也看到类似的处境。我知道，所有女性都不容易，她们的每一天都在巨大的艰辛中结束。不管贫苦还是富裕，有没有受过教育，美丽还是丑陋，很有名还是默默无闻，结了婚的还是单身，有工作还是失业，有没有孩子，叛逆还是顺从，我们女人内心深处，都受制于我们在这世上的存在方式，以至于我们认为那是我们选择的，但那其实是从根基上被男性统治、毒害了几千年的存在方式。女性生活在持久的矛盾和生死疲劳之中。一切，真的是所有一切，都是根据男性的需求定制而成，甚至我们的内衣样式、性行为和母性。我们必须扮演女性，通过不同身份和模式来取悦男性，然而我们也必须挑战他们，在公共场所与之分庭抗礼。我们也要扮演男性，要比他们更胜一筹，同时还要小心翼翼，不冒犯他们。一个我很喜欢的年轻人告诉我：和男人打交道总是很难，我不得不学会把握尺度。她想说，她通过自我控制，让自己不要过于漂亮、过于聪明、过于好强、过于刻薄、过于痴情、过于急切、过于独立、过于慷慨、过于霸道或过于客气。一个“过度”的女人会引起男人的激烈反应，尤其是会激起其他女人的敌意，大家不得不每天争夺男性留下的一点点资源。相反，男人的“过度”会让人钦佩，让他们获得领袖的地位。造成的结果是，女性的力量不仅遭到了抑制，为了息事宁人，她们也会自我抑制。我们到今天，经过一个世纪的女权主义，我们还是不能真正做自己，仍然不能完全属于我们自己。我们的缺点、恶意和罪行，我们的品质、乐趣，甚至我们的语言，都顺应男性的等级体系。女性得到惩罚或赞扬，都是根据不怎么属于我们的准则，只会使我们身心俱疲。在这种处境下，女性很容易引起别人和自己的厌烦。我们应通过一种独立的力量，来展示真实的自己，这需要我们对自己进行严厉的监控。因此，出于不同的原因，所有女性都让我觉得亲近，无论是好女人还是坏女人，我在她们身上都能看到自己的影子。可能人们有时会这样问我，你认识的烂人中，难道就没一个女的？当然有啊，这种女人在文学作品和日常生活中都很常见，可我仍然会站在她们这边。

2018 年 3 月 17 日

女儿

我真的很高兴在几个女儿身上看到自己的影子，同时，我也乐意看到她们不遗余力，想要和我不一样。即使是她们让我生气，我也觉得她们的行为很值得肯定。她们每天都让我注意到我说的都是老套的东西，跟不上她们的新时代。她们每天都运用自己的聪明才智来和我对抗。她们这么做目的只有一个，就是让我明白：我最好闭嘴。每次我在使用电脑或其他电子设备遇到困难、她们在帮助我时，总会提醒我：我是个老古董，是钢笔和投币电话时代的人。我看着她们，有时会很高兴，有时会很警惕：在她们的身体、语调里，我都会看到自己。我的一部分一刹那间在她们的身体里流露出来，而我刚好捕捉到，那就像在刚写好的一页文稿中，我看到身后的文学传统发出的光芒。当然，她们不会意识到这一点，这是好事。我希望她们有足够的时间，可以宣布自己是全新的，通过惊人之举给我上一课。的确，我感觉我和母亲完全不同，我翻过她所属的那个时代，为自己打开了新的一页。这是后浪的残酷，他们进入到一个阶段，就会觉得自己是这个世界的新人，他们的残酷很必要。我很害怕，新一代不急于远离父母，但我更怕的是他们二十岁时会远离父母，但会拥抱他们祖父母和曾祖父母的时代。我无法理解当今世界那些年轻人，他们会对抗每个人都各司其职的黄金时代（每个人都懂得各司其职），却要通过性别、种族、阶级来建立某种秩序。有时候，尤其是当他们自称是墨索里尼和希特勒的崇拜者时，我认为他们根本不是孩子，我会变得很严厉，比对他们崇拜的老一代人更严厉。梦想回到过去，这是对青春的否定，当我发现，现在有些年轻女性也有着那些梦想时，我会觉得很痛心。我喜欢另一些年轻人，他们希望全人类都过上美好的生活，他们努力奋斗，就是为了开创一个前所未有的时代。我祝愿我的几个女儿坚持做这样的人。最后，按照自然规律，在变老的过程中，她们会给过去留点位置。她们会在自己身上看到我的存在，看到和我相似的一些相貌特征、一些性格特点，还有我的一些想法，她们会充满温情地接受我。就像发生在我和我母亲身上的事，即使她们身上有我的影子，她们也不怕做自己。

2018 年 3 月 24 日

感叹

我说话时会尽量压低嗓门。即使是很兴奋、愤怒甚至是很痛苦时，我都会尽量克制自己的声音，必要时我会采用一种自嘲的语气，这主要是因为我害怕过激的情绪，无论是自己的还是别人的。有时人们会取笑我，他们会说：你想要一个没有感叹、欢乐、痛苦、愤怒和厌恶的世界吗？是的，我就想要这样一个世界，我回答说。我希望整个星球上不再有任何大喊大叫的理由，尤其是因痛苦而叫喊的理由。我喜欢低声细语，不失风度的兴奋，有教养的指责。可世界没有朝这个方向发展，但我会在文字打造的世界中践行这一原则，我从不会用感叹号来夸大感情。所有标点符号中，我最不喜欢的就是感叹号，它们就像粗暴的指挥棒、浮夸的古埃及方尖碑和其他阳刚的展露。如果那些词语组合在一起，是为了表达感叹，人们阅读这些文字，就能很容易感受到其中的情感，根本没必要再用那个符号。不过我得说，在这个年代，为克制的语调辩护，并不是一件容易的事，人们发消息时感叹号满天飞。在短信、WhatsApp消息、邮件里，有一次我一连看到五个连续的感叹号。有时我觉得它们不是情感丰沛的标志，而是对书面交流缺乏信心。人们担心书面沟通会词不达意，会使我们的感情显得干巴巴的。我偶然看到了我写的书的一些翻译版本，在这些书中，我本来极少用感叹号，但在译本中有很多感叹号。就好像那些翻译我作品的译者觉得，我写的文章毫无情感，干巴巴的，所以为了我好，也为了读者好，他们要添油加醋。我并不排除，可能我写的文字听起来平平淡淡的。很可能，在那些出于某种原因、情感表达比较激烈的地方，读者如果在句末看到一个感叹号，他们会更有理由激动。可我仍认为，“我恨你”具有一种力量，呈现出一种情感的真实，这是“我恨你！！！”所没有的。至少在写作时，我们应该避免像那些疯狂的世界领袖，当他们获胜时，他们会威胁、恐吓、交易、协商和呼喊，他们讲话还不够，他们说完每个可悲的句子，还要拿导弹和核弹头一样的感叹号来加强语气。

2018年3月31日

唯一真实的姓名

在那不勒斯“仁慈山教堂”美术馆陈列的画作中，有卡拉瓦乔的名画《七件善事》，还有一幅作品很吸引我，每次一有机会我都会去看。这是一幅小小的修女像，她双手合拢，眼睛紧闭，一副心醉神迷的表情。右边的标牌上写着：这是《孤独的圣母》，十七世纪一个无名氏的作品。从少年时代起，我就很喜欢“无名氏”这个词，这就意味着，对于那个创作出了这幅画的人，我只能通过眼前的作品了解他。我觉得这是一个很好的启发，我可以单纯面对一部作品，不用考虑它是大人物还是小人物创作的。在我眼前只是一个人的作品，这幅作品凝聚了他的创造力。他排除了利用自己时间的许多其他可能，琢磨如何运用颜料和色彩，最后在画纸上呈现出一个女人祈祷的形象。他身上还承载着绘画的传统，运用自己的所有聪明才干，忘我地进行创作，最后绘制出具有个人色彩的画像。我越看这个修女的样子，眼前就越清晰地浮现出这个十七世纪的“无名氏”。我对这位画家的了解不是通过他的身份信息，也不是通过他的生活经历，而是通过他的表达方法。在他的表达手法中，我看到了另一个完成的故事。这是他作为艺术家的故事，也就是他的审美，他选择顺从还是违反，他的创作才能、图像的章法和布局，还有他呈现出来的感情。在艺术作品的空间里，传记和自传呈现出来的真相，和一份简历或一份收入申报表呈现的事实截然不同。在这个空间里有——也应该有——一种虚构的自由，它可以违反生活中一些普遍的事实。对我来说，在历史和生平层面，《孤独的圣母》的作者很陌生，但他作为艺术家，我却很熟悉。我熟知这位画家的创作，为了方便起见，我可以给这位画家起个名字，比如说一个女人的名字。这绝不是一个艺名，也就是说一个假名字，这是她唯一真实的名字，对应的是她的想象力，她对艺术的操控力。任何其他标签都会是一种干扰，可能将会把作品排除在外的东西带入进来，妨碍它漂浮在艺术表达的长河中。当然，这个道理也适用于其他艺术家，我们错误地以为，他们不是无名艺术家。如果我必须把“卡拉瓦乔”这个名字贴在《七件善事》这部作品上，而在户籍上，卡拉瓦乔记载的名字叫米开朗基罗·梅里西。那么，我宁愿大部分时间和卡拉瓦乔在一起，而不是和梅里西在一起，因为梅里西可能会蒙蔽我的双眼。

2018 年 4 月 7 日

男性的性爱叙事

异性恋故事中，我最感兴趣的类型，是那种在叙事上或多或少打破常规的故事。比如说，故事里没有什么特别美丽的女人，全都是很普通的女人；或者有漂亮的女人，但随后就暴露出某个身体上的缺陷；或者某个帅气的男人爱上了一个丑女人。当我在文学作品、电影或电视里看到这类故事，我就想，这些故事应该得到重视，因为这就像为性爱叙事打开了一条新的出路。我想说得更清楚一些，总的来说，一般的性爱场景都是集中展现男人对女性身体的欲望，无论是情诗还是现代电视剧，女性所扮演的角色就是男性欲望的投射目标。男性的目光一直在塑造着我们，用来满足他们的性欲需求。他们塑造出来的女性或胖或瘦，或高或矮，赤裸或穿着衣服，得体或不得体，都是他们的欲望对象。而我们，为了表现得有吸引力，我们也积极顺应他们的目光，虽然会带着痛苦和羞愧，我们会遵守一定的行为模式，顺从别人建议或强加的姿态。我们的快乐在于：看到自己位于舞台中央，是他们无可厚非的主角，不考虑自己的欲望是否真正得到满足。一段时间以来，情况似乎有了变化。比如说，出现了对同性性爱的描述，尤其是涌现出了很多女作家、女导演，她们试图展现与男人的关系。但是我感觉，我们仍然无法摆脱男性几千年来设定的模式，反而事与愿违，我们无意识地强化了这种模式。特别是，在如今的电视剧和色情片中呈现出来的女性，她们在性爱方面比男性更疯狂、更霸道，需求更高，更富有想象力。女性的性欲好像会没有任何预兆，突然爆发出来，往往是（漂亮的）女人先迈出第一步，几乎总是她疯狂地脱掉男人的衣服。可正因为这个原因，我们还是在无意识的情况下，屈从于男性的性欲叙事。如果我们的祖母那一代女性已经意识到：她们通常被动地屈从于男人的欲望，她们通常对于少得可怜或从来没到达的性高潮只字不提，我们的女儿这一代人就会察觉到：她们在性事上的肆无忌惮，其实她们的狂热都不是自发的，很多时候都是带着痛苦去迎合男性的愉悦。因此，无论是男性还是女性写的小说，在描写性爱场景时，如果他们通过一些让人不舒服的真相来颠覆传统的性爱描写，在我看来，这些故事比写那些在床上表现得像男性一样的女性更具有新意。因为这些狂热的女性并没挣脱传统的束缚，反而更能激起男性的欲望。在色情网站肆虐的时代，也许真正的创举在于：以女性角度叙述的性爱故事，尽管它详细描绘了性，但它不是为了催情，是揭示出女性因为羞怯、为了息事宁人、为了爱情而没有说出来的东西。女性在性事上的处境，要得到真实的表达，要准确地叙情达意，可能需要经过这一过渡阶段。

2018 年 4 月 14 日

战栗

我一直和三位马利亚感同身受，她们来到耶稣的墓旁，从天使那里得知，死去的耶稣又复活了，她们万分惊恐，不停战栗，感到无比恐惧。这种体验发生在我十六岁时，我的宗教体验到此为止。我一部部地读《福音书》，我觉得耶稣的故事很可怕，同样，耶稣复活的故事并不是一个让人欣慰的结局，我觉得它特别恐怖。我希望能有机会，仔细讲述一下我青少年时期的阅读体验。在这里我只想说，《福音书》里的故事，每一处都向我展示出：人类除了特别傲慢，以自我为中心，人性也很卑劣，总是倾向于把同类或者其他生物钉上十字架，或者让别人把自己钉上十字架。但最重要的是，那些超自然的东西并不会让我信服，反而令我感到害怕。十六岁时，我还不能随意谈论神学，但出于一种几乎幼稚的敏感，上帝并没有给我留下一个好印象。上帝是怎么对待儿子的？当儿子被钉在十字架上时，他根本不管不顾，就像传福音的路加和马太提到的那位糟糕的父亲，子孙在祈求饼子，他却给了他们石头、蛇和蝎子。那耶稣的复活呢？这难道可以补偿他被残酷地剥夺生命这件事？或者这只是一场恐怖的魔法游戏，根本无法厘清人间的事，或者也无法让同样混乱的天堂井然有序。不，在我少年时短暂接触宗教后，我心中只剩下恐惧，就是在《马可福音》中，三位马利亚所流露出来的恐惧。那种恐惧从没消逝，正如意大利最杰出的诗人贾科莫·莱奥帕尔迪吟颂的那样，尤其是面对满是星辰却显得空荡荡的夜空，这种恐惧会加剧。我不喜欢人类心高气傲，自认为是最高级的生物，是世界的中心，无论是不是宗教问题，这都让我很不安。我们宣称自己是上帝的儿女，我们居住在自己的城堡里，就觉得自己是宇宙的主人，我认为这是傲慢自大的表现。我感觉，那些被我们排除在外的东西，都在挤压着我们，尽管我们一直在加固我们的城堡，然而这一切随时都会化为齑粉。我们构想出的东西，即使是最不同寻常的，也会显得可笑，不足以抵抗这些。很可能，人类中心论注定会被摧毁，就像我们当时怀着激情，通过技术装备自己，就是为了假装自己无所不能、无所不在，甚至长生不老。作为动物的人类，必须进行自我批评，寻求新的平衡。我所关心的未来，是一个对他者、对任何生物、对一切有生命的东西都开放包容的未来。

2018 年 4 月 21 日

女性朋友与熟人

在有些场合，有人说我是个不错的朋友。我很高兴，但我不敢说，通常我不会在“朋友”这个词前面，加一个表达感情或信任等级的形容词。我觉得加上也没什么用。比如，我从不会说：她是我最好的朋友。这句话暗含的意思是：我有一些不是很喜欢的朋友、一些不怎么信赖的朋友，还有一些不怎么默契的朋友。可如果我加上这些形容词，我就会忍不住想：为什么我觉得自己是她们的朋友？为什么我把她们当成我的朋友？“朋友”这个词是不合适进行等级划分的。也许我们应当知道，一个糟糕的、不值得信赖的朋友，一个和我们缺乏默契的朋友，并不能算是朋友。也许，即使我们很为难，但为了澄清事实，我们要学会说：这不是我的朋友，而是我有过来往，或者现在正在交往的一个人。问题是，在日常生活中，我们很难朝这个方向发展。有很多朋友，这会让我们无比欣慰，感到自己很受欢迎，很招人喜爱，也就不那么孤独。因此，有的人和我们没什么共同语言，但在必要时，她们会填补某种空洞。我们会和她们在咖啡厅里度过一下午时光，喝杯酒，随便闲聊几句，我们会把这些人称之为朋友。假如后来一有机会，我们会说：她们爱说人闲话、很恶毒，而且斤斤计较。那也很正常，事实上，朋友就像真爱一样难觅。意大利语中“友谊”（amicizia）一词与动词“爱”（amare）词根相同，这也难怪友情具有爱情的丰富、复杂、矛盾和冲突。我可以毫不夸张地说，在我看来，对一个女性朋友的爱和对一生中最重要的男人的爱，我一直觉得本质很相似。那么，友谊和爱情区别在哪儿呢？区别在性方面。这不是一个无关紧要的差别。性行为不会威胁到友谊，但那些高尚的情感混合着身体的冲动，你会想给对方乐趣，并获取乐趣，这中间会有很大风险。说真的，现在据我所见，那种会发生性关系的朋友越来越普遍。这是一种游戏，不过它试图避免爱情的控制欲和赤裸裸的性爱。两人如果认识有一段时间了，他们比陌生人更信任彼此，他们去咖啡馆，去餐馆，去电影院，然后做爱。但我仍不会说，这是朋友间的性爱，就像伟大的爱情很少见，情人却数不胜数。同样，朋友很难寻觅，熟人却数不胜数，极有可能，我们和熟人有时会上床。

2018 年 4 月 28 日

挖掘

我觉得一切都可以写，没什么东西我不情愿写。甚至是当我意识到脑海中浮现的某些事情，其实是赶上我不愿意写的时候，我也会强迫自己把它写出来。有些人说，写作的人需要慎重，没必要把所有东西都写出来，我有时候完全同意这种观点。我喜欢运用“知而不言”手法的作品，喜欢那些充满缄默和暗示的文字。在《约婚夫妇》中，亚历山德罗·曼佐尼用一个短句，揭示了修女吉特鲁德接受无赖埃希迪奥的事实：“那个不幸的女人答了腔。”我和其他人一样，认为这是文学的光荣成就。作者的缄默恰如其分，他没说出的东西，读者都可以想象，那效果也会达到。这和小说中经常出现的一句话很类似：之后会发生什么事情，你们可以想象。当写作的人暗示的东西是大家的共同体验，那就会达到很好的效果。我花了很长时间，想掌握这种技巧，而且也经常付诸实践。但我不得不说，当我在各种境遇和情感中进行挖掘，挖掘出那些出于习惯，为了息事宁人，我们倾向于不说的东西，我才会写得比较满意。其实，对别人从来没写过的东西，我并不感兴趣。我更感兴趣的是一些平常的东西，或者更确切地说，为了让自己安宁，我们硬要自己相信那些事很平常。我更倾向于在内心深处进行挖掘，制造混乱，把所有一切都写出来。我知道，这样的话，我最后会写一些惹人烦的故事，过去我会为此不安。我热爱我决定出版的那些小说，我迷恋我精心塑造的人物。每当有人说：你应该停下来，可你一直在挖掘，剖析得越来越深，拜托了，就此打住吧，我都会伤心不已。更不用说，还有人这样告诫我：小说主人公应该可爱一点，不应该拥有那些可怕的情感，也不应该做那些令人讨厌的事。有一次，甚至发生了这样一件事：我的一本书已经翻译出来了，正准备印刷，他们后来没印，原因是这本书可能会对那些当母亲的人产生不良影响。这也有可能，我们写出来的故事，没人知道会产生怎样的影响。如果一个作家真写了不该写的东西，那么读者有权谴责写这部作品的人，以后不再读他的作品。但我仍然坚持这种观点：当我们开始自由创作时，我们没必要考虑读者看了是不是开心，我们只需要通过虚构的故事，让人们不带滤镜地看清人的处境。

2018 年 5 月 5 日

必要的写作

那些想写作的人一定要写作。你们不要相信这样的话：我跟你说这些话，是为了你好，不要再浪费时间写作了。有人用亲切的语气来劝阻别人，这很常见。你们也不要相信说这些话的人：你还年轻，经验不足，等等再写吧。我们不要等到久经世事之后才开始写作：那时我们经历了很多，读了很多书，有了自己的书房和书桌，住在面朝大海的地方，还有一个空中花园。我们可能饱经风霜，居住在一座充满活力的城市里，或隐居在一栋山间小屋里，已经有了一群孩子，去过很多地方。是的，出版可以延缓，我们甚至也可以决定不出版，但写作刻不容缓，不能说“在……之后”再写。如果写作是我们在这个世上的存在方式，我们只能不断强化它的紧迫性，把它摆在我们生活中许多事情前面，比如爱情、学习和工作。即使没有笔和纸或其他东西，写作也很紧迫，在没有写作工具的情况下，我们的头脑也会不停地遣词造句。总之，创作的需求一直存在，它很紧迫，它会使我们不假思索，疏远那些我们爱的人，甚至无视让我们陪他们玩耍的孩子。可我们投身于写作之后，内疚感就随之而来，而且可能在写作时就已经出现了。如果我们无法抑制这种内疚感，如果最终情感和责任心占了上风，这或许为我们提供了证据，证明我们的写作并没有足够的力量，证明我们的志向不堪一击，幸运的是——是的，幸运的是，在人性层面，我们比大多数以自我为中心的艺术家好多了。不过需要注意一点，我们不要认为，创作的激情让我们六亲不认，变得异常傲慢残酷，这就会是作品质量的保证。想把这个世界通过文字的方式呈现出来，这种狂热的激情，并不是取得好成果的保证。尽管写作的召唤很强烈，但没有任何东西能保证我们可以写出传世之作。当然，我们可以让写作的爱好变成工作。但是，你永远不能把写作的价值变成简历里的一段职业经历，降低到只是一份职业简介、一份有收入的职业，或者有创作奖励的事业。对于那些在文学方面抱负远大的人，取得了一点成功，获得了一点声望，这证明不了什么。无论成功与否，那种不满一直存在。写作不断提醒我们，它是一种工具，通过这个工具，我们可以获取我们容纳不了的东西。因此，写作的演练会持续一辈子，像一种让人绝望的魔症。即使有人说：我们已经够好了，我们已经做出了最大努力，可我们不会相信，也不应该相信这一点。我们充满疑惑，就在我们看上去似乎赢了的时候，但实际上我们是输了。我们会不停磨炼自己，直到最后一口气。

2018 年 5 月 12 日

瘾

我唯一深有体会的瘾是烟瘾，我从十二岁就开始吸烟了。对于其他损害身体的方式，我其实也很好奇，但我从来都没有深陷其中。我有志于写作，但在酒精或其他精神性药品的刺激下进行写作，我觉得对我没什么用处。当然，有相当多的作家靠喝威士忌或嗑药取得了惊人的成就，我害怕放纵自我带来的后果，这让我很沮丧。如果我用嗑药来释放自己，那我算什么作家呢？但是，我是那种几滴干邑下肚就写不出一句话的人，唯一能使我振奋、真正能帮助我的是咖啡和烟草。在过去的岁月里，我不知摄入了多少咖啡因、多少尼古丁。后来在某个时刻，我突然间戒掉了咖啡，可在后来几十年里，我的生活一直与香烟为伴。对我来说，吸烟时写作，写作时吸烟，这会给我带来纯粹的快乐。当然，我知道这是一种虚假的快乐，我知道我应该戒烟，我知道吸烟对自己和他人都有害处。我给自己定了一个期限，尝试彻底戒掉烟瘾，我不断郑重其事地宣布戒烟，也一直尝试戒烟。可我要是手指间没有夹着香烟，会让我很焦虑。没有烟，我觉得自己的才能比往常更匮乏，我害怕发现自己比预想的要糟糕得多。“不能吸烟”甚至让我没办法和一些我很在意、很喜欢的人见面，那些都是我欣赏、我推崇的朋友。我确信如果在不吸烟的情况下，和他们见面，我一定会犯错，可能会显得很不礼貌，可能会说不出什么聪明有趣的话来。就这样，我又开始吸烟了，开始只是偷偷摸摸，就像那是一个隐秘的嗜好，不过后来正因为偷偷摸摸，就更加一发不可收拾。直到十年前，经过了一次又一次的尝试，我真的戒掉了烟瘾，但我承受了巨大的痛苦。在那段时间里，我知道自己无法离开香烟，因为我害怕看到一个过于清晰、赤裸的世界。香烟、酒精、可卡因都是不同程度的“墨镜”，让我们觉得自己可以承受生活的冲击，能更深切地体味到生活。但实际上是这样吗？那些奴役我们身心的东西，能使我们更强大吗？很长时间以来，我一直觉得，如果不点上一支烟，我连一行字都写不出来，而写作——一直以来我最在乎的事情，可能会永远把我排除在外。我现在有时也会这样想，我经常处于复吸的边缘。但我成功坚持到了现在，因为我身体里有一个微弱的声音，在紧要关头会对我低语：每天四十支烟，让自己平静下来，这会妨碍我发挥，让我无法达到本应达到的写作高度。

2018 年 5 月 19 日

失眠

我长期饱受睡眠困难的折磨。很久以前，我很晚才上床睡觉，主要是因为我会在晚上读书和写作。可很快，我就不得不改变这个习惯。通常人们睡觉前读书是为了帮助睡眠，但阅读会使我处于异常兴奋的状态，我越是读书，就越是困意全消。这跟读什么书没有关系，无论是读平庸的作品还是上乘之作，无论是小说还是杂文随笔，困意都会消失。阅读会让我想动笔写作，写作又催生我读书的欲望。因此我经常整夜不睡，白天的时间就浪费了，我昏昏沉沉，头痛，什么事都做不了。我花了很长时间，才下定决心做出这个决定：在晚上八点以后，我不会打开书，也不写作。我觉得这对我是一个极大的限制，却非常必要，不睡觉，我感觉自己活不下去。就这样我做出了让步，一段时间后，情况好多了。有个阶段我几乎每天都在写作，失眠症又重新出现，让我很害怕。我的确是在睡觉，但我感觉我还在一句句不停地写作。曾经有个医生告诉过我，即使读书和写作，也需要适合的身体条件，而我的身体并不适合，它承受不住压力。于是有几个月时间，我完全停止了阅读和写作，仅仅处理一些日常的琐事，在这方面耗尽自己的精力。这个阶段对我帮助很大，因为我发现：阅读和写作和我的失眠症没什么关系，即使我完全杜绝阅读和写作，我还是很难入睡。事实上，一个稍纵即逝的念头，就会打开一扇通向烦恼和顽念的大门：对家人的担心，内心的嫉妒与不满。在黑暗中，我会睁大眼睛，仔细分析自己和他人的行为举止。我确信别人不忠，自己遭到了背叛，我在脑子里添油加醋，就像这些背叛真的发生了一样。总而言之，深夜的时候，当一切都应该淡去消失时，我却万分警惕清醒，我审视自己，审视那些我爱的人，还有那些我觉得爱我的人。在大约三十岁时，我开始吃安眠药，但无论药效多强，晚上我顶多只能睡三四个小时。有一天，我突然想，如果我失眠时不躺在床上，可能会比安眠药更有用。就这样，我晚上想读书写作时，我就不睡，我经常熬整晚的夜。现在，我晚上睡眠不好，但我会在午后休息一下。如果读的或写的东西让我满意，我就不睡觉；如果我不喜欢的话，我就带着不满和失望浅睡一会儿。我最后彻底妥协了，我会在困的时候睡一会儿，我不强迫自己。总之，我现在状态还不错。

2018 年 5 月 26 日

习得的乐趣

在学校度过的所有时光里，我最常回忆起的是小学那段时光。我并不是在说，一直到大学毕业，我其余的教育经历都是浪费时间。为了避免误会，我想特别强调一点，在我少年时期发现了拉丁语、希腊语、哲学、数学、化学、物理和地理，尤其是天文地理学，对我来说是一件幸福的事。可中学和接下来的大学教育，只是起到了引导作用，让我进入之前完全不了解的知识领域，让我发现了不同的学科。课表上写着：八点上拉丁语，九点上希腊语，十点上哲学，然后你会上几年这些特定的课程，三五年，或者只有一年。可我好像从来不知道，学习拉丁语或希腊语有什么意义。比如说，为了以后能读欧里庇得斯或塞内加的原著。我认为，这些课程纯粹是课堂练习的机会，拉丁语和希腊语是死去的语言，学习这些语言，只是为了获得一个好分数、一张文凭和一份可能的工作。不过我可以心平气和地说，毕业以后，我才开始真正地学习。在上学时，我的确在学习，却并没有习得什么。我很顺从地进行机械训练，只是为了在班上名列前茅。总的来说，在优秀学生的名单中，我一直都挺拔尖的，尽管当时我为了脱颖而出记住的那些概念，到现在都已经变得模糊了。我不仅脑袋里没留下什么东西，而且我的感觉是：我学了很多东西，但我没学会什么。我付出了巨大的努力，但连一点学习的乐趣都没感受到。而小学那段时间却给我留下了很清晰的记忆，在课桌前学习的时光，给我带来了惊异感，我学到了具体的技能：读书、写字和算数，还知道了很多其他信息。现在我无法详细讲述，当时那种自豪和惊奇感是怎么产生的，相关的记忆也模糊了。我需要虚构一些故事，来说明当时的感受，因为我脑子里想不起来任何具体发生过的事情。但那种惊异——你会读书写字，可以把看到的文字符号转变成人物、事情、风景、情感和声音，反之亦然，你可以把所有事实、幻想和计划变成字母和数字符号——我想说，这种惊异感一直留在了我心里，一直那么鲜活。在之后的学习时光里，我只记得很辛苦，一直担心自己学习不好，会面临羞辱、失败，我曾经在学业上成功了很多次，但从来没有那种令人愉悦的惊异感。当我不再是学生之后，我才忽然重新开始学习，并对自己感到惊异。现在这种感觉不再有了，但我希望在晚年空荡荡的日子里，这种惊异感会再次出现。

2018 年 6 月 2 日

痛苦

我从来没有做过心理分析，但有好几次我想去做。是什么促使我想做心理分析呢？通常我有一种匮乏感，更多时候，事情正好相反，我有一种过度的感觉，就好像喝了太多水，简直要把我淹没了。还有一种无法摆脱的不满，我总是通过习惯、修养和亲切的语气压制下去。还有，每次我想实现一个愿望却要面对一定风险时，我总会打退堂鼓，后退一步。最后是一种挥之不去的痛苦，它就像轻微的关节疼痛一样，得学会与之相处。那是什么让我抗拒做心理分析的呢？在一个对我来说无关紧要的陌生人面前，说出我脑子里浮现的所有念头，我觉得这是一种暴力行为，甚至要我付钱去承受这种暴力。我感觉，做心理分析就像接受一种敲诈，我认定一个心理分析师的潜台词是这样的：我有能力帮助你，如果你想要我发挥这种能力，你必须在固定的时间来找我，还要给我提供你的金钱、记忆、思想、信仰和所有的一切，甚至是你为自己编造的谎言。有些时候，为了躲避心理分析，我紧紧抓住一些借口，比如说没有钱。我想：你不能为了改善自己的生活，而使你家里的经济情况恶化。我自我安慰说：有很多人没钱做心理分析，你的痛苦只是这世界上很多人的痛苦中的一部分，其他人肯定比你更需要帮助。但后来，即使我的经济状况有所改善，我也没去做心理分析。而且，为了对抗这种疗法，我心里会暗自涌起一些无政府主义思想：我不愿建立一种让自己处于从属地位的关系，让我不得不承受一种权力。那个沉默不语的人权力很大，而你却要说很多，他会向你提出一连串问题，却从不会真正回答你的问题。他会向你隐藏了他的冲动，而你却要展示自己脆弱的一面，透露出你内心深处的东西。他用从未明确说出的承诺绑定你，即使你的痛苦不会消失，但这些痛苦早晚也会变得可以忍受。现在我本可以坦然去做心理分析，不用找任何借口了，让几十年来聚集的愿望，推动我去做心理分析。我对自己说：现在是时候了，我没有经济上的问题，最主要的是我再也不需要表现出我不会屈服于任何权力，不管这种权力是大还是小。那么，现在是什么抑制着我，让我没有去做呢？有可能在此期间我读了很多东西，好奇心减弱了；也很有可能，虽然心里很讨厌，但我假定自己已经知道得够多了，自己可以解释一些问题了，根本不需要向专家求助；也有可能，随着年龄慢慢变大，我的痛苦也老化了，就好像它已经平息下去了；更有可能——这也许才是最重要的原因，我并没有真正感到过痛苦。真正感到痛苦的人，他们会马上求助，他们也应该马上寻求帮助。

2018 年 6 月 9 日

成败得失

我不喜欢把人划分为成功者和失败者，或者这是因为我不明白这种划分。我想到了成功者的那些标志。首先是金钱，也就是说买奢侈品的能力，然后靠炫耀这些奢侈品来彰显自己的优越；他们要么就是手中有权力，只需要稍微动一下手指，就能得到普通人历经千辛万苦才能得到的东西；或者是通过媒体获得了声誉和地位，这些人享受声誉的特权，所以不用每次费劲地去获取别人的关注，他们享有一眼被人认出的特权；或者是拥有一种值得炫耀的幸福，因为他们拥有大量金钱，享有权力，也享有贵宾待遇，他们没有理由不幸福。然而，成功者所有的这些特点，很快就露出它们的另一面，特别是当它们不是很稳定时，金钱、权力、名声和幸福很快会出现裂缝，从而显出它们并不牢靠。每当成功者的形象坍塌时，都会让人发现之前他的某次成功，本质上其实是失败。这时，失败者的形象也会崩塌。失败者指的是那些只能展示挫败的人：他们没有奢侈品，没有权力和名声，只有那种源于挫败的不幸。也许，成功者和失败者这个划分，背后真正的幽灵是对失败的恐惧。小时候，这是我最害怕的事情，我害怕在学校成绩不好，害怕没能争取到一份工作，我害怕通不过考试，包括健身操考核或数学测验。任何性质的比赛，即使只是形式上的竞赛，我也会竭尽全力。因为我意识到：一场失败会引发另一场失败，就会产生好与坏的名单，当你出现在坏学生的名单上时，再上好学生的名单就会很困难。我花了很长时间才明白，这些划分既残酷又任意。因为进行这些划分时，根本无视人们的经济社会地位悬殊、性别和种族歧视，还有不公引起的对于智慧的浪费。我们划分等级时，并没有考虑到上天的安排：出生地、原生家庭、机会不均，等等。总而言之，我们的起点是不同的，即使在今天，即使在这个所谓的发达世界，情况也是这样，要进行公平竞争，就要考虑到这一点。在我看来，如果可能的话，我想废掉失败、输赢这一类概念，就当今世界的现状看，这些概念缺乏任何客观依据。如果真有必要的话，我只推崇《爱丽丝梦游仙境》中的比赛，在那里人们永远不会输，所有人都会赢，从来没有失败之说。

2018 年 6 月 16 日

恶劣的心情

在政治上，我从来都不是积极分子。我没有组织过游行或示威活动，也没有参与过组织。我一直仅限于参加这些活动，我会参加所有那些我觉得对于共同利益很必要、很紧迫的活动。有时我会非常担心，我为我们国家的民主前途命运担忧。但更多时候，我觉得我们和他人的恐惧心理都被有意夸大了。近些年来，我并没有像其他人一样，为“五星运动”党的政治崛起而深感不安，“民粹主义”这个词对我来说，说明不了什么问题。现在对于所有的政治力量——不管是旧是新，这个词都很适用，所以从本质上来说它没什么用。我觉得“五星运动”更像一个重要的容器，它承载着民众的不满。引起这种不满的原因是：无论是右翼还是左翼政党，无论在意大利还是在整个欧洲，都以一种不适当的甚至是灾难性的方式来应对经济危机，还有我们正经历的变化。我从没投票支持过“五星运动”党，因为我接受的教育让我无法接受他们凌乱、时而天真、时而粗俗的政治语言。但是把“五星运动”视为意大利民主或对欧洲民主力量的威胁，我至今仍认为，这是一个极严重的错误。反对“五星运动”的斗争，使我们无法看到危险在别处。我指的是马泰奥·萨尔维尼（Matteo Salvini）领导的北方联盟党，它比“五星运动”党组织得更有序，多年以来它假装受贝卢斯科尼操纵。至于萨尔维尼，我承认我对他没有任何好感，当然我不是说他的为人。我特别不喜欢他所代表的东西，就像我不喜欢在这个星球上另一些人所代表的东西，他们都是萨尔维尼的同类：特朗普、玛丽娜·勒庞、欧尔班和其他类似的人物。北方联盟党总书记萨尔维尼现在是新政府极其重要的人物，他遵循意大利最糟糕的政治传统，但他被很多人都低估了。不少媒体用他来活跃电视辩论节目的气氛，引起轰动效应。随着时间的流逝，他那副普通人的和善面孔，他对普通民众处境的“透彻了解”，让他深得人心。而且在合适的时机，他也会把仇外和种族主义的拳头捶在桌子上。有时，我忧心忡忡地想：萨尔维尼受到的拥护，他激起的一些糟糕的情感，让他获得的认同，可能会偏离他原本的意图，会转化成群众的非理性反应。在危机出现时，这种情绪一直会潜伏在民众间，不同动机会融合在一起：人们想要获得利益，因为经济没有保证，广大处于劣势的社会群体对未来充满担忧。至于“五星运动”党，他们强烈渴望执政，希望把意大利政府从由来已久的低效状况中解救出来。但现在他们坐在议会里，以意大利总理为首，似乎正在承担所有的过错，这是通常情况下人们让当权者承担的错误。到时候，第一个站出来指责他们的人肯定是萨尔维尼。

2018 年 6 月 23 日

省略

对于省略号的使用，我想提出几点慎重说明。省略号看起来让人很舒服，它们看起来像露出水面的石头，你想不沾水越过一条河流，你就得踩着那些石头大胆走过去，这是一件让人享受的事。尤其是现如今，在电子通信时代，省略号的表现力那么强，它们已经从传统的六个点变成了七个、八个甚至是十个：“我在这里……我很痛苦…… 我在想，你在哪里………我想你……我很想再见到你，但是……………”可以肯定的是，这些符号有很强的表现力，可以传达出很多信息：不安、尴尬、羞怯、游移不定和欲言又止的心机，还有在某一时刻，我们想要说出过分的话，但后来放弃了，即使有时只是为了争取时间。我以前也会用很多省略号，不过现在我不怎么用了。我仍觉得我很喜欢省略号，如果在别人写的文章里，我看到通常省略号的六个点变成了十二个点，我也不会觉得不舒服。可从某一刻起，为了尽快摆脱那些省略号，我的眼睛会不耐烦地迅速扫过那些点，想尽快抓住文字内容。在我写的文章里，我觉得省略号是一种卖弄风情，就像当人们半张着嘴，眨眼睛，做出一副惊讶的样子。总之我觉得这些停顿太甜腻了，好像为了取悦于人。鉴于我自己不悦的经历，我坚信，任何讲话一旦开始，就不该欲言又止，最后我毅然决定不用省略号。我所说的不仅仅是书面文字，也包括口头表达。当你开始讲话，你就要把话说完，即使别人朝你大吼大叫，即使他们辱骂你，甚至连你自己都后悔说了这句话，你丧失了信心，找不到合适的词，你也要坚持到底，把话说完。因此在我的这个决定里，这和写作，甚至和省略号都没什么关系，这只是和停顿本身有关。有时为了息事宁人，我们权衡利弊，选择避而不谈。因为我们知道，这些话不该说出口，不然的话，所有一切就会毁掉，而我们并不希望这种事发生。更多时候，我们不说是因为害怕，或出于同谋。保持沉默是会引起别人的非议，但它是一个明确的选择。当我们决定打破沉默，开始说话，就应当完完整整把话说完，不回避，不含糊，没有取巧的省略。是的，这也是我选择不再用省略号的原因。随着时间的流逝，我原先对于“温柔淡出”的爱好，渐渐转变为对“支吾回避”的厌恶。我想说，你该说时就说，直接说下去，不要有任何省略。有时候在对话里，你不得不省略，在对话中，省略号的确很常见，但我也会竭尽全力避免使用它。如果没法避免的话，我宁愿把省略号变成一个句号，我会突然中止那个句子。我更倾向于写成 “我很想再见到你，但是”，而不是写成“我很想再见到你，但是……”。我要努力写出言简意赅的句子，感受到它的粗暴。如果想教育自己有所精进，至少在语言上，要写出重点和核心。

2018 年 6 月 30 日

人设

在过去的人生中，不论是在电影里还是在电视上，不少演员的面孔都让我产生了强烈的情感。最近让我魂牵梦绕的人是丹尼尔·戴·刘易斯，我这么称呼他，也只是出于方便。这是一种身体的吸引力吗？也许吧。可以说，他确实是我喜欢的男人类型：瘦削、长脸，脸上的线条并没有秀气到让人发指。但你们也看到了，我没用很多的言语来说明这个男人形象让我着迷的地方，而是故意说得泛泛。原因就是：我对丹尼尔·戴·刘易斯的兴趣，和我对任何一个清瘦、长得还算顺眼的男人没什么差别。可以说，我对他真实的样子并没有什么好奇，如果我哪天碰巧在街上遇到他，我可能会认不出他来。我爱的是电影中的他，而不是现实中的他。我喜欢在电影中，精心设计的灯光打在他身上，我喜欢照片里他的样子，在故事中他移动身体的方式，编剧为他写的精彩台词从他嘴里念出来，导演运用想象力对他进行拍摄，化妆师的技艺在他身上的体现，他穿的服装，还有推广部的有效推广让他呈现的样子。事实上，很长时间以来，我不再觉得，这些明星是真实存在的人。现在我知道，那些故事工厂促使我们爱上一些角色，他们都不是具体的人，而是一个团队的工作成果。我喜欢丹尼尔·戴·刘易斯时，我喜欢的是作品被改编成电影的小说家，是精心撰写剧本的编剧，是电影导演、摄影导演、灯光师、音效师、舞台设计师、服装设计师、化妆师和表演教练等，总之，是所有那些有幸参与其中的人。因为他们的缘故，那个真实的人运用他的模仿能力、步态、手势和上镜的效果，展示出他特别适合成为大牌电影或电视中的面孔。总之，丹尼尔·戴·刘易斯（就像其他任何一个明星，或任何作品中的人物）不是一个人，而是一部作品。他的名字像一个头衔，我用他的名字来指代一部出色的作品，也就是说，指代所有那些他扮演的人物，所有那些他参与演绎的故事。他是一个想象的产物，他是用文字、图像、设备和专业技术打造出来的幽灵。仔细想想，如果你有幸遇到他，与他来往，他可能也只是一个幽灵。如果突然之间他变成一个有血有肉的人，那么他很可怜，我也很可怜。现实无法装入艺术品优雅的模子中，它总是会很不规矩，会从模具中溢出来。

2018 年 7 月 7 日

信息的洪流

我并没有迫切地想知道世界上正在发生的事情。小时候，我只是随便看看一些报纸标题，也偶尔会看看电视新闻。在我大约二十岁时，我对政治的兴趣才忽然爆发出来，这促使我收集时事新闻。到那时，我才发觉我一直漫不经心地活着，我害怕自己过着一种无意识的生活，一点也没觉察到身边发生的灾祸和可怕的事。我怕成为一个肤浅的人，对本该关心的事情漠不关心，在不知情的情况下成为同谋。因此我强迫自己读报，而且我觉得这还不够，我开始阅读当代史、社会学和哲学书籍。有一段时间，我违背了自己的本性，甚至连小说也不读了。我觉得读小说让我无法睁大眼睛，看清眼前的现实。可我并没取得多大进步，这就像我进入了一间放映厅，电影已经开始了，我摸不着头脑。善在哪里，恶在哪里？谁是对的，谁是错的？谁表现事实，谁歪曲事实？这是没有尽头的思索。其实我觉得，现在比以前更难弄明白世界怎么样了。这可能也是为了避免发现：事实上我们已经和一些乌合之众同流合污了。层出不穷的消息对我们没什么帮助，书籍没什么帮助，那些总能出色简化现实的社会学公式也没什么用。相反，我感觉现在的信息系统，无论是纸质版还是电子版，都让人们处于一种信息的混乱中。你知道的消息越多，你就越陷入迷惑的处境。所以对我来说，问题不是掌握很多消息，而是在大量被无限夸大的消息中，搜寻出我需要的信息，用来辨别真假好坏。这是一项难度极大的任务。我一直非常钦佩一种人，他们能从不同的信念中，在眼前的混乱中，从一开始就觉察到纳粹法西斯主义的巨大威胁，他们勇敢站出来进行控诉。可现在，我们是否还有这种远见呢？我们还有高瞻远瞩的条件吗？有时我似乎明白了，为什么看小说的女读者越来越多了，因为那些好小说是通过谎言来说明真相。而在新闻市场，他们为了争取观众和读者，总是会把那些让人难以忍受的真相转变为离奇、激动人心、引人入胜的谎言。

2018 年 7 月 14 日

文学创新

曾经有那么一个阶段，我相信一本小说如果不是全新的，不是独一无二的，不是完全不同于其他作品，那就应该丢掉。幸好这个阶段结束了，我改变了想法。这是一种很傲慢也很天真的态度。这基于一个不言而喻的假定，那就是：我拥有了不起的文学才能。要是这些才能无法通过独一无二的原创作品呈现出来，那我就不能清醒地得出这个结论：要么是因为懒惰和草率，我背叛了自己；要么就是我的设想不切实际。总之，如果我写不出可以与我喜爱的书媲美但又完全不同的作品，那么就不值得写，因为正是那些书激发了我对写作的狂热。但后来，我改变了自己的看法，现在我不太相信别人所说的：这是一本全新的书。文学中真正的新东西，只是每个人用自己的方式，从之前文学浩瀚的仓库中汲取自己需要的东西。前人留下的东西包围着我们。我说的不是文学教科书，它们按照年代顺序，把从古至今的作家排列出来，列出他们的生平和作品；也说的不是从七岁起，我们详细的阅读清单。不存在一个“之前”，让我们可以成为“之后”。所有文学作品，无论是伟大还是平庸，都是当代的。在我们写作时，这些作品围绕着我们，像我们呼吸的空气。结果是，我们写出的作品从来不是全新的，“全新”也只是文化产业的定义。我们写出的作品，不管我们愿不愿意，都是我们从传统中汲取营养，表达自己所得到的结果。任何作家的作品都不是自成一体的，都是从其他作家身上获取了灵感。不存在可以与过去撇清关系、一刀两断的作品，也不存在分水岭一样的作品。文学的创新（如果坚持使用这个概念的话）就是每个作家，在席卷着他的传统泥潭里自处的方式。因此让作品与众不同，这是一件很艰难的事，可能也没这个必要。令我诧异的是，有些作家得意洋洋，宣传自己的作品是“全新的”，他们觉得自己独一无二，不愿承认受到了别人的影响。这要么是大众媒体浮夸傲慢的宣传，要么就是那些作家很害怕自己没有个性，就好像只能通过撇清他们和文学传统的关系，才能让他们的个性突显出来。实际上，连荷马也没做到“全新”。也许，一个人在之前的文学遗产中，孜孜不倦地寻找他所需要的东西，最后用自己的方式整理出来，这才能成为一个作家。这可不是一件简单的事。

2018 年 7 月 21 日

谎言

我从小就爱撒谎，我说过各式各样的谎言。我说谎是为了让自己更有面子一点。我吹牛说我做的那些事，实际上，很多时候是我想做却从没有做过的事。为了圆谎，我经常会让自己陷于麻烦，有时我不得不承认谎言中说的错误。我说过一些让人不安的谎言，大部分是为了躲过男性的暴力，我经常言不择词，编制谎言，现在想起这些谎言，依然让我很痛苦。那时我说了很多谎言，有些谎言是我喜欢说的，但都没什么目的。我费尽心机，使谎言听起来好像真实发生过一样。我觉得，我编造的谎言那么真实，当我说谎时，感觉它们并不是谎言。也许事情恰好相反：我并不觉得自己在说谎，这些谎言比真话更像真的。这类谎言属于我童年幸福的一面，因为谎言让我在同龄人中很受欢迎，他们总是很愿意听我说话，他们相信我说的每一个字。但有时也有人会说：你讲得太美了，这么好的事，不可能真的发生过。我会有点羞愧，我开始信誓旦旦，说我讲得都是真的，我会变得很焦虑，我感觉这场游戏正在遭到破坏。我该怎么办呢？丑化我说的谎言吗？如果我讲一些乏味、没头没尾的谎言，那又有什么意思呢？我不知道是不是因为这些批评的缘故，在我十二岁时，我决定不再因任何事情撒谎。也许，我仅仅是想要长大，在我看来，说谎很幼稚。确实，就像在我生活里经常发生的事，我当机立断，决定严厉约束自己。从那时起，我真的再也没说过谎了，除非是出于对文学的爱，因为那是一种高尚的谎言。作为补偿，我成了一个爱讲真话的人，我会执着地跟别人讲我做的美梦和噩梦，我尽量讲得很真实。我也向朋友讲我看过的小说和电影情节，讲得具体详细。我经常讲述我真实遇到过的事，我会很小心，尽量不纠正或篡改这些故事，让它们更流畅，更有说服力。然而多年来，我怀念儿童时代那些没有任何目的说的谎言，那些谎言都很长，充满了细节，我觉得它们比真话更真实。也许，正是这种怀念推动我走上了写作之路，让我用写日记的方式来写小说。总之，无论我写不写小说，那种怀念一直都在。现在我很喜欢那些无缘无故撒谎的孩子，我能领会到他们的乐趣。另一方面，我理解了那种为了保护自己而说谎的痛苦。因为这世界充满陷阱和羞辱，在某些情况下，谎言能缓解一些痛苦。

2018 年 7 月 28 日

坦白

坦白是一个原则的问题。我现在知道，糟糕的感情无法避免，如果人们想要诚实面对自己，面对他人，就要坦然说出那些糟糕的情感。怎么才能做到这一点呢？首先，我们不要掩饰自己的情感，不要假装很勇敢，把实事求是放在第一位。比方说我们有个好朋友，她性格很好，人见人爱，但我们费尽心思，也很难赢得别人一丝好感，这难道不会让我们心理不平衡吗？好吧，我们要避免做出这样的反应，就是到处说，这个朋友那么讨人喜欢，那是因为她特虚伪。尤其是，说别人闲话时，我们要避免为自己辩护，在每个场合都强调：我这人特别爱说真话，所以我不得不说，她真的很虚伪，如果我不说出来，那我会像她一样虚伪。我们要教育自己说：世上还是有性格好的人，一见人家好脾气，就说是虚伪，这只是因为我们看到朋友很受欢迎，内心嫉妒的表现。这当然要求我们做出极大的努力，除此之外，它对我们没什么好处：嫉妒心会持续下去，我们还是要忍受嫉妒别人的痛苦。但可以肯定的是，我们如果扮演口无遮掩，坚决和虚伪作斗争，能辨别是非好坏的人，那我们感觉会好一些。那我们要怎么做呢？我们要做出更大努力，找到一种合适的语气，跟我们的朋友说，她的成功令人痛苦，让人嫉妒，让我们感到羞愧的是，为了让自己心里舒服一点，我们不承认她的优点，我们做不到她那样，就到处跟人说她很虚伪。如果我们能做到这一点，那就是向前迈出了两步：首先我们会发现，捍卫真相的第一步，就是说出关于自己的真相；其次我们收获的有些东西，远比天生脾气好更值得欣赏，那就是自省和自我控制的能力。但如果我们的朋友真的很虚伪，又该怎么办呢？那算了吧。虚伪的人的把戏玩不了多久，迟早会被揭穿，她会为自己的虚伪付出代价，我们会等着看笑话。看到成功人士一败涂地，惊慌失措，非常绝望，他们幸福的时光已经结束了，我们很享受。这虽然不是好事儿，但我们又一次要面对自己糟糕的情感。我们下一步该怎么办呢？会宣扬自己有先见之明吗？我们会兴高采烈地四处说，我们是最先察觉到这个朋友——现在不再是朋友了——是个虚伪的人吗？不，我们要再次努力说出真相。我们会承认，我们是幸灾乐祸，也会承认我们现在心里舒服多了。从希波的圣奥古斯丁开始，用极端直率的态度跟自己对话，而不是跟别人对话，这有时甚至可以让人得到救赎。

2018 年 8 月 4 日

一刀两断

在我的记忆中，我从不害怕生活发生改变。比如我搬了好几次家，但我从来没觉得很不自在、遗憾或需要很长时间适应。很多人讨厌搬家，有人认为搬家折寿。首先，我很喜欢“搬家”这个词，它会让我想到跳远的动作，先积蓄力量，然后跃向另一个地方——一个有待发现和熟悉的地方。总之，我确信变化是个好事儿，比如它让我们意识到：我们积攒了很多没用的东西。我们之前认为那些东西很有用，这实际上是一种错误，真正有用的东西其实很少。我们习惯于把自己与某些物体、空间联系在一起，有时是和有些人绑定在一起，但实际上，离开他（它）们，我们的生活不仅不会变得贫乏，有可能还会有出乎意料的新发现。当我们的生活发生根深蒂固的改变，刚开始我会经历忐忑不安，但接下来我会欣喜若狂。

我觉得，这种感觉就像在小时候，暴风雨即将来临，我编造了各种理由去外面玩儿，其实是想在妈妈抓到我之前，淋成落汤鸡。因为这种爱好，我很晚才发现，变化的另一面其实是痛苦。我这里说的不是那种忽然发现自己的生活被搅乱，就死死坚守一些固有习惯的人，他们以为这样才安全，可以一劳永逸，但他们会悲哀地发现，这一切都是徒劳，因为昨日已逝，一切都无法再重复。即使是在文学方面，我也从来没有真正感受到怀旧情绪，对某次革命之前的美好生活充满怀念。我首先会感觉到生活变动带来的喜悦，随后我会体味到那种欢乐和激情，它们和痛苦的底色并不相悖。如果仔细想想，比如在女人的生活中，我们会通过一些纯粹的庆典，来告别一些重要的身份蜕变，但内心深处总会经历一种无声的痛苦。就我所知，我们很少谈及这种痛苦。从幼年开始，我们的母亲就把“顺从”像衣服一样缝在了我们的身上，我们要脱掉它，穿上更适合斗争的衣服。尽管这是一种自我解放的积极行为，但我们还是会感到痛苦。我们会有一种切肤之痛，因为毕竟我们曾经以为，那是属于我们的皮肤。我们要摆脱原本的自己，有些东西还会挣扎，想要继续下去。我们进入一种始料不及的生活，一定会有所担忧，怕自己会不适应。解脱之后的愉悦会占上风，但快乐的麻醉作用，不会抹去真实存在的伤口。

2018 年 8 月 18 日

母亲

一根无形的脐带把我们与母亲的身体连接起来，让我们没法摆脱，至少我无法做到。我们不可能回到母亲的身体里，但我们也很难摆脱她们的影响。我母亲就像所有母亲一样，美丽能干，我对她又爱又恨。大约十岁时，我开始恨她，也许是因为我太爱她了，一想到会失去她，我就一直生活在焦虑中，我必须贬低她，才能让自己平静下来。有时候我觉得，她那么美丽能干，就是故意让我显得又丑又笨。我脑子里没有自己的思想，只能有她的想法。她特别爱整洁，她过时的品位，还有她的是非观都一直折磨着我、压迫着我。很长时间以来，我觉得，停止爱她是我唯一的出路，可以让我爱自己，让别人爱上我。因此在我和母亲之间，很快就插入了其他人：我可以像主人一样，发号施令、吵架、做爱、展示自己的睿智，甚至无理取闹，如此一来，我构建了一个自己的世界，和她的世界很不同。我希望，即使在我的世界外面张望一下，她也会觉得不安。事实正是如此，她总是会悄无声息地离开。后来，事情真是这样，随着时间的流逝，她退缩了，变得渺小，也失去了美丽和才能，失去了事事都争强好胜的劲头，也失去了发言权。有一段时间，我感到释然。后来，那些我很欣赏、爱戴的人开始跟我说：你笑起来跟你母亲一样，你跟你母亲一样固执，你的手像你母亲。有一天早上，我看到了镜中的自己，我认出了她，母亲就在那里，在我的身体里。出乎我意料的是，我越来越觉得，这件事并没让我很抵触。慢慢地，我从自己的动作和声音中，还有表达或掩饰情感的方式中，发现了很多和她相似的地方。如果说的确不可能回到母亲的身体里，但最有可能的情况是：从我出生开始，她就在我的身体里了。当我挣扎着想摆脱她，我以为自己彻底摆脱了她，其实她一直都在我身体里。当我意识到，找到自我就是找到她，像我小时候那样去接纳她、爱她时，我就平静下来了。有时候我们觉得，和别人和解，这意味着我们有了忘记别人过错的能力。这也许是真的，但不适用于我们和母亲的关系。我和母亲和解，那是因为我发现，那些过错——我认为的过错，已经成为我的一部分，我成长的一部分，对我来说都非常重要，以至于让我觉得那是一种虚构，是我夸大其词。

2018 年 8 月 25 日

在电影院

有一部电影，我每年至少会看一遍，名叫《飞向太空》，导演是安德烈·塔可夫斯基。我喜欢这个导演的所有作品，包括那些最艰涩的电影。他的有些片子我是在电影院里看的，有些是在电视上看的。《卢布廖夫》这部电影，我是在电影院里看的，我觉得它特别棒，是黑白电影中的佳作。我恐怕没有机会再在电影院里看到它了，但我希望年轻人还能看到。我在电影院里还看了《飞向太空》，这不是塔可夫斯基最好的电影，却最让我着迷。我记得《飞向太空》上演时，宣传中说它是苏联对《2001太空漫游》的回应，但把这两部电影看成美国与苏联在电影方面的竞争，这没有意义，也容易对人产生误导。库布里克的《2001太空漫游》明显更胜一筹，他的想象力让人惊异；但在我看来，他的电影里完全没有《飞向太空》中的绝望和失落。之前流传的《飞向太空》版本是删减版，很多年后我才看到了完整版。无论是删减版还是完整版，这部电影的力量体现在女主角身上，也体现在一种顽强的记忆里，就是无论用任何方式，都无法抹去那个作为妻子的女人形象。《飞向太空》比其他任何一部惊悚片或恐怖片都更令我害怕，也更吸引我，最打动我、让我迷惑、害怕的是：那女人可怕的死亡，还有不断地复活，她执拗的坚持、顽强的意志和自我毁灭，就是为了保留她爱的男人对她的记忆。假如我要列举男性导演塑造的真实女性形象，我不知道是否可以把《飞向太空》的女主角列在首位，但她肯定是排在最前面的人物之一，她身上散发着一种莫名的痛苦，还有她拒绝被抹去时，坦然而又恼怒的反应都很真实。塔可夫斯基的这部电影让我惊异，也因为它改编自斯坦尼斯拉夫·莱姆的一本书。我曾经看过这本书，尽管这是一本很有力量的书，但根据它改编的电影，似乎看不到书的影子。令人惊讶的是，小说家写出的文字可以激发强烈的视觉想象，让伟大的导演拍出精彩的电影。多年以后，美国影坛给我们带来另一部《飞向太空》，也是根据莱姆的作品改编。但这部电影没有引起太大反响。从文字到画面，这个过程很神秘。塔可夫斯基在莱姆的作品中看到自己急切需要表达的东西，新版《飞向太空》的导演索德伯格也想尝试一下，但他没有成功。也许，塔可夫斯基的《飞向太空》太伟大了，根本无法超越。小说的文字可以产生不同版本的电影，一部高水准的影片却很霸道，它无比明确，一旦拍出来，其他翻拍的电影就难超越。

2018 年 9 月 1 日

幸福的童年

现在，我已经很少和小孩子打交道，但亲戚朋友会发给我他们孩子的照片和视频，让我可以经常看到那些小孩。我会把它们用心保存起来，我喜欢对比小孩子刚出生和八个月大、两岁、三岁时的模样。我自己连一张出生时的照片也没有，我的第一张照片是在两岁时拍的。而我的小外孙女每天的生活几乎都被记录下来了，因为她父母有手机。如果我运用这些照片、视频，我可以详细描述我的外孙女是如何从小婴儿长成小姑娘的；如果我把这些素材做成视频，我可能会得到一部很长的纪录片。但最让人震惊的是：我们的身体从一出生就那么易变，我们的身体不停地成长蜕变，我们总想知道自己的身体会变成什么样，但它从来都不会定型。更不用说，小孩子要先爬行，再学会站立，还有咿咿呀呀学说话，学抓住物体。家人拍摄的照片和视频简直太多了，真的可以在上面做很多文章。自然，只有那些辉煌的、让人惊异的时刻才会被记录下来：最常见的就是漂亮可爱的面孔，还有娇美欢快的笑容。孩子一哭闹，就会变得满脸通红，表情扭曲，视频马上就中断了。这些视频材料里，缺少孩子痛苦、疲惫、厌倦、害怕和乱发脾气的样子；也很少有父母的紧张情绪，这会加重孩子的不安，让他们更痛苦。只是有时，在视频开始时，孩子刚哭完，脸上刚平静下来，准备好了玩游戏，但是眼睛里的泪花还没干。记载成长的烦恼、童年的悲伤、生存的辛苦的镜头很少。如果用手机拍下这些场景的话，我们会得到多么可怕的视频啊？这样一来，小孩的发育和蜕变，可能会是一场让人不悦的“节目”，甚至会有很多让人恐惧的瞬间。我故意用了“节目”这个词，因为所有影像不仅仅是为了记录，也是为了给别人看。如今，那些独生子女的父母——有些家庭有两个孩子——他们会把孩子最好的一面展示出来，同时他们自己也会成为完美的父母亲，他们这么做是给孩子的叔叔阿姨、爷爷奶奶，还有一些身边的朋友或网友看的。他们自然会把孩子细小的幸福呈现在舞台上，其余的都留在幕后：单单经历那些就已经很难了，他们当然不会拍摄下来。结果是，当我的外孙女在寻找自我时，可能会像所有人一样历经周折。在那些无穷无尽的照片中，她难以找到自我。她会想：如果我是那个漂亮、聪明能干的孩子，那我是怎么变成现在这个样子的呢？关于她的很多影像，其实说明不了任何问题，实际和我两岁时唯一的那张照片一样。按照常规，我把她定义为“两岁的我”，但这到底是哪个我啊？

2018 年 9 月 8 日

采访

我口才不好，不擅长讲话，不仅仅是在公共场合，私底下也是如此。如果是讲一些具体的事情，我差不多能应付；如果要我讲出自己的道理，要严格推理的话，我会很激动，脑子会很乱，就好像大脑一片空白，想不起来要说什么。如果我把自己和心目中的权威人士放在一起进行比较的话，事情就会更糟糕。其实刚开始我脑子里思路清晰，可说了几句话后，就像思路断了一样。我对自己想说的东西失去了信心，脑海里紧绷的思路断开了，我不停地说“很抱歉，我也说不清楚”。少有的几次，我要在公共场合发言，我用了好几天的工夫准备好了发言稿，我把稿子背了下来，好让人觉得我在即兴发言。但最后，我还是一行行地读了起来，听众自然觉得无聊，他们喜欢那些即兴发言、擅长感染听众、引人发笑的演讲者。我也欣赏具备这种能力的人，我很难接受自己不属于这类人。我觉得，自己擅长的只有写作，也仅限于自己擅长的领域内。对于我来说，采访也成了我逃避讲话、锻炼写作的一种方式。有人责备我，说我很少接受采访，而有人觉得我接受的采访太多了。其实在刚开始，大约三十年前，曾经有几位记者想采访我，我先是想搪塞过去，之后我拒绝了。虽然我把这些称作采访，但实际上我从未真正接受过采访。在采访中，被采访的人会把自己的身体、面部表情、眼神、动作尤其是说的话展示出来，那种言谈是一种即兴的，会有情绪波动，而且有时候前后不是很连贯，采访者会通过文字写出来。我不擅长说话，所以我不愿意面对面交流，更喜欢通过书面交流。记者会想一想，然后把问题写给我，我再思考一下，写出我的答复。过去，我觉得自己无法组织语言回答记者的提问，我的答复也不适合刊登在报纸上。因为，要么我会回答得太简洁，通常只有“是”或“否”；要么一个简短的问题会激发我很多思考，让我一口气写上好几页。现在我学会了通过文字交流，我受益匪浅。这种写作会和小说的写作放在一起，就像文学写作一样具有虚构的性质。我为记者虚构一些话，同样记者在提问时，也为我进行虚构。我进行虚构时，不仅是为了提问者和潜在的男女读者，也是为了我自己。也许我内心很大程度上认为，浪费那么多时间写作是毫无意义的，作为一个作家，也需要列举理由来说明自己浪费生命的原因。

2018 年 9 月 15 日

永远相爱

夫妻关系是我们生活不稳定的一个缩影。当我们碰到一个好几个月没见面的人，不要轻率地说：代我向弗朗克问好。你最好先小心打探一下，问问对方是否还和弗朗克在一起，看看她是否有一个叫贾尼或乔治的现任。就算是长期生活在一起的伴侣，也会突然结束，现在这种情况比以前更普遍，没人知道保持婚姻长久的秘方。我有一位相识很长时间的朋友，她和一个可靠的好男人结了婚，在一起整整生活了四十八年。她说保持婚姻长久的秘诀只是彼此相爱。但随后，她用开玩笑的语气补充了一点：问题在于，相爱一辈子真的很难。首先需要彼此喜欢，无论是在床上，或是其他什么地方，尽管身体会不断变化，吸引我们的地方会变得衰老，不再具有魅力。第二，不仅要欣赏另一半的优点（这太容易了），还要欣赏他的缺点，特别是刚开始向我们隐藏的那些缺点，突然之间暴露出来了，让我们无法忍受。第三，我们需要不断对伴侣表示欣赏，尽管我们知道自己是一时鬼迷心窍，他根本就不值得欣赏。第四，我们对伴侣忠心耿耿，换来的却是他们的背叛，这时我们要马上想开一点。同时我们希望对方在出轨时至少要谨慎一点。我们意识到，忠诚得不到什么好处，只会带来羞辱，我们也会私下里出轨。第五，我们要学会相信一件事情：孩子需要父亲，尽管他是一个很糟糕的父亲；独自老去，比两人一起老去更可怕；思想成熟意味着接受生活本身的样子，只有这样，才能遏制住自己毁掉眼前的一切、扬长而去的冲动。第六，最后我们需要说服自己，爱情——踏踏实实地爱一个人，而不是我们小时候幻想的爱情，这是一项绝世武功，是需要反复演练的杂技，是永远的牺牲，你要懂得耐得住性子，态度优雅，把不该说的话咽下去。“这就是爱情的秘方，”我的朋友笑着说，“如果把这种方式用到一段感情、一场婚姻里的话，两人就可以相伴一生。”有一次我直言不讳地问这个朋友：“那我问一句，你的婚姻持续了将近五十年，是不是因为你和你丈夫也是这样经营的？”她有些生气地说：“你说什么？我们很幸运。我们的关系很稳固，我们是真的相爱。”我相信她说的话。然后我对她说，肯定存在既幸福又稳固的夫妻关系，她的婚姻就是这种类型。我笑着看着她，关于这个问题，很有必要加上一个微笑。

2018 年 9 月 22 日

无缘无故

过去我有一些敌人，现在也有，这让我很难过，但事实如此。我不知道这种敌意是怎么产生的。我觉得每种解释都很随意，我也很难相信这种说法：敌人很重要，有助于我们认识自己，加强自我身份。对我而言，我从来就没有这种需要，敌意只会带给我不安，如果没有敌人的话，我会更高兴。从另一个方面来说，人类历史无疑充满了各种仇恨和敌意，面对这个问题，不是耸耸肩就可以一笑而过的。可以说，我对那些可以马上找到原因的敌意不感兴趣，比如争夺一眼泉水、几口油井或者一个地区，等等，按照惯例，此类仇恨会演变为谋杀、战争和大屠杀，这只会让我感到恐惧。我们不去谈论日常生活中不断出现的大小恩怨，可能是源于一次无礼的举动、一句低俗的话、一句流言蜚语、欺骗或者某次说话不算数。这些行为都是偶然发生的，有时我们会很后悔，会道歉，但往往无济于事。我害怕这些矛盾，担心自己会卷入其中，我担心小矛盾会激化、会爆发出来。但让我特别难以忍受的是，要应对这些鸡毛蒜皮的事，为一些微不足道的东西焦虑。实际上，在所有可能出现的敌意之中，我真正感兴趣的是那些无缘无故的敌意。这可以概括为："她到底怎么你了？""我不知道，一看到她，我就觉得心烦。"我觉得这种情况值得深入研究，那些老生常谈的原因不足以解释这种个人的厌恶。当我们的身体碰到别人会发生什么？为什么我们会觉得有些人和我们不太一样？为什么我们无法接受、承认他们？只需要一点善意就足够了吗？就可以消除仇恨的理由了吗？我知道一些人无缘无故就遭到回绝的事儿，正因为这个缘故，我觉得在文学上，这很有吸引力。我尤其好奇的是那些男人之间、女人之间和男女之间的关系，那是建立在相互尊敬和吸引之上的关系。两人在一起很自在，相互很融洽，也有好奇心。在这种情况下，如果诞生的不是友谊，也是一种友好关系。然而后来他们会忽然尴尬、厌烦，就像突然有一阵烟迷住了眼睛，呛到了喉咙，这种关系行不通了，但说不出原因。直到有一天，其中一个人说："够了，我不想再和你来往了。"这段关系就真的断了。善意的亲近转变成一种疏远的敌意、一次次互相伤害和无缘无故的争吵。发生这样的事，我猜想，如果能彻底讲清楚的话，这会促使我们进步。也许，敌人仅仅是产生于情感的衰竭，一个人抽身而出，想要摆脱一种辛苦、复杂的处境，也就放弃了快乐，还有友谊带来的暧昧的东西。

2018 年 9 月 29 日

创作自由

我永远不会对一个女导演说：这是我的书，这是我的视角，如果想把它改编成电影，请您务必忠实原文。如果她背叛了我的文本，改编的电影与我的内容大相径庭，如果她单纯只是拿我的作品作为跳板来发挥她的创造力，那我也没什么意见。当我喜欢的女演员玛吉·吉伦哈尔宣布要把我的小说《暗处的女儿》搬上银幕时，我就产生了这些想法。这是我特别在意的一本书，在内心深处，我还是希望玛吉通过图像讲述的故事能与我的小说完全一致。但我的觉悟告诉我，现在有比捍卫我的创作更重要的事。一个女人在那本书中找到了考验她创造力的契机。也就是说，吉伦哈尔决定以《暗处的女儿》为跳板，不是把我对于世界的体验通过电影展示出来，而是要展示她的体验。这一点对我、对她、对所有女性而言都很重要。每次女性中有人想要表达自己时，我们都应该希望她的作品属于自己，能成功表达自己。现存的巨大的艺术仓库，大都由男性构建。相对来说，我们女性寻找工具和机会，表达在生活中学到的东西，这种实践开始的时间并不长。因此我不想说：你必须待在我建造的牢笼中。我们关在男性的牢笼里已经太久了，现在这个牢笼正在坍塌。女性艺术家必须完全独立，特别是，如果她从其他女性的作品和思想中获得了灵感，她的探索不应该遇到障碍。因为现在的挑战，已经不是进入男性创造的、悠久而权威的美学传统。更大的挑战是加强我们女性的艺术传统，继往开来，使它在智慧、优雅、能力、创作的丰富性和情感的强度方面，与男性艺术传统相媲美。总之，我们需要展示女性作品的力量，这种力量越强大，就越能从深处改变杰出男性的艺术敏感度。这就是为什么如果有男性想要把我的书改编成电影，我会觉得这是好事儿。但在这种情况下，我不会让他随意篡改我的作品。男性作家拥有上千年强大、结构严密的文学世界。如果他选择把我的作品改编成电影，我会要求他尊重我的视角，进入到我的世界，进入到我故事的牢笼，而不是把我的小说硬拉进他的世界。这对他的好处可能要比对我的好处大。

2018 年 10 月 6 日

植物

我很喜欢植物。我对植物的喜爱可能超过了动物，也胜过了我喜欢的猫咪。我喜欢植物的一切，可惜我总是感觉自己对植物一无所知。当然了，我从苗圃里选购一些植物，我把它们放在阳台上，摆在各个房间里，种在花园里。我会记住它们的名字，包括它们的学名。我在笔记本上写下什么时候应该给它们浇水，什么时候施用植物激素，还有哪些植物需要多晒太阳，哪些植物喜阴。不仅如此，我还研究土壤类型、修剪枝条的时间和方法，我像担心地震和海啸一样担忧霜冻。总之，我悉心照料这些植物，最后对它们产生了深厚感情，我会经常查看它们的状态，用手指试探土壤，检查干湿程度。出于对植物的喜爱，我甚至可以忍受有机化肥的臭味和苍蝇飞舞。我耐心地帮助它们除去寄生虫，摘掉枯萎的叶子，让植物保持干净整齐。当我注意到某株植物因为生病而发蔫时，我会马上对它特别关切，仿佛那是我最爱的植物，我会向信赖的专家求助，想办法干预。虽然我一直在学习这些植物的特性，但我仍然为自己的无知感到惭愧，觉得自己没有好好照料它们。我感受到了植物强劲的生命力，但它们就像囚徒一般，无法动弹，无法寻找庇护，无法躲避园艺剪刀、斧头和锯子。因此我很同情它们，植物是注定的受害者，也许可以代表这个星球上无数的受害者。但这种同情也夹杂着相反的感情，因为有些东西让我不舒服。植物的茂密生长和扩张让我不安，有时我感觉它们像绝望的反抗者，异常凶猛。植物就像囚徒，但它们不愿保持静止，它们会四处扩张，会延伸、扭曲、渗透，甚至会使石头裂开。也许是这种反差让我有些迷惑，我能感受到自己内心的矛盾阻碍我深入了解它们，但这肯定不是针对植物。植物保持静止，也会蓬勃生长向外延伸。植物自身具有一种看不见的力量，这与它们令人舒心的颜色和芳香的气味并不相干。我们修剪、美化、驯服它们，可它们总能恢复成本来的样子。在电影里、电视上，看到燃烧的树林，都会让我感到一阵心痛——我听到生命在火焰中冒烟，发出噼啪、嘶嘶的声音。同样，我看到快镜头下植物的迅速生长，也让我不安，那就像一颗恶性肿瘤在扩散，破坏了一切和谐。有时候，我怀疑我在植物上花费那么大心血，那是因为我希望它们能尽可能长久地保持我认为的美感。当它们有意打破界限，我会感到很害怕。

2018 年 10 月 13 日

告别

我属于这类人：晚餐或者聚会过后，我是最后一批离开的人。我很难解释自己的这种行为。我感觉主人很累了，想去睡觉了。但我也很清楚，即使我马上离开，他们仍然要花一个小时收拾，为睡觉做准备。我还是留在那里，继续抛出一些问题，等待别人的回答，总之就是想让谈话继续下去。问题是，我这么做并不是因为那个夜晚非常愉快，我想尽可能让它延续下去。通常在这种场合，我不是很善谈，我总是会羞于参与谈话。我确信，一个小时后，任何人都能看出我满脸困意。因此我推断出，我的问题在于告别。我不喜欢和别人分开，甚至是那些最表面的关系，和那些并没有深交的朋友分开也会让我觉得一阵寒意，一种失去带来的焦虑。但我失去了什么呢？我看到有些人和我一样，迟迟不肯离去，但他们的原因显然跟我不一样。他们是引人注目的客人，拥有观众让他们很享受，所以他们不想聚会结束，不想失去一个让他们展示自己的舞台。或者他们很警惕，他们感觉自己被孤立了。他们不属于主人的密友，他们决定留下来就是为了避免产生这样的想法：没有他们，聚会照样会继续下去；或者说，只有他们离开了，聚会才真正开始，那些关系亲密的人会畅所欲言，对离开的人说三道四。我不是这样的人，原因也许更简单些，我是担心越过门槛。此外，离开后，等待我的是什么？糟糕的事吗？或者更糟，什么都不会发生？我想：现在无论如何，我都是和一些自己差不多熟悉的人在一起，他们对我也差不多有些了解。但出去之后，我只剩下自己，只有自己疲惫的身体，还有脑海里回荡的声音。所以我站起来又重新坐下，研究起先前从来都没注意到的某个摆设，而不是去思考内心的某种痛苦，或者某件让人焦虑的事儿。像往常一样，我留下之后，感觉会不错。我会帮助主人收拾东西，比其他人在场时更健谈。我会忽然想对招待我的人讲讲自己的事，如果我不想太暴露自己，我就会编造一些事。我会听听他们的倾诉，有时会亲切地触碰他们的胳膊或手。也许对于我来说，告别可能会剥夺那种给你带来一丝温暖、让你不那么孤单的人情。我说的是真正的孤独，它意外出现，会持续几秒钟。这种孤独不是源于缺乏陪伴，或情感的缺失，而是因为你忽然意识到，人都是一个个孤立的个体。

2018 年 10 月 20 日

写作的女人

男人会向女人学习吗？常有的事。他们会公开承认吗？至今很少。我们就从文学方面来说吧。不管我怎么思索，我都想不出有很多男性作家，他们宣称从女作家的作品中汲取了养分。此刻，我唯一能想到的只有一位意大利男作家，那就是朱塞佩·托马西·迪·兰佩杜萨。他说他看了伍尔芙的书，觉得受益匪浅。此外，我可以列举出不少伟大的男作家，他们会以开玩笑的口吻，贬低女作家，或者认为女作家只会写一些很低俗的故事，围绕着婚姻、孩子和爱情，她们只会写一些甜得发腻的短篇或长篇小说。一段时间以来，事情正在发生变化，但变化不大。比如，在私底下或公开场合，某个有威望的男作家表示：我们女作家很厉害。这就让人想问：我们和你一样厉害吗？超越你了吗？还是只是在女性中显得很厉害？也就是说，我们才华卓越，只是和其他女性进行比较，还是说我们打破了“闺房文学”的限制——这通常是市场对文学、文学价值的影响和限制，我们是不是颠覆了这一点？总之，如果你是个男性作家，你阅读我的作品，你觉得我写得很好，对我说一些友善的恭维，这是不是就像在表扬一个成绩优异的女学生？或者是你决定承认：现在女性写作中有值得学习的地方，就像几个世纪以来，我们女性一直都学习和研究男性的作品？在我看来，在这一点上，事情复杂化了。有不少文化底蕴深厚、品格优秀的男人愿意赞赏我们，因为我们能使人愉悦，能催生激情（传统意义上，女人不是很擅长这一点吗？她们会陪伴男人度过美好的时光）。但他们严格把控文学，掌握文学的革新，推动文学进入危险的地段，引发政治冲突，英勇对抗权力的斗争。面对危险，文学会展现无畏的态度，捍卫基本价值观念，带着勇气经历这个世界，用文字和行动进行斗争，这依然是男性智慧要应对的事情。对女性而言，有一种文化上的条件反射：她们还是站在一个阳台上，观看着生活的洪流，然后用颤抖的语言讲述出来。然而一切都在发生变化，在地球的每个角落，在很多领域，许多女性在写作时，都带着清醒的思考、坚定的目光，带着勇气去写，她们不会只是写一些甜言蜜语。女性智慧的影响力也越来越明显了，从而产生了很有力的文学作品。但依然有一个很难抹去的观念：女人很容易感动，她们会取悦于人；男人站在那些重要的舞台上，用阳刚的话语和事迹塑造着这个世界。

2018 年 10 月 27 日

刻板印象

刻板印象有点笼统粗略，但总体来说，它们都有一定的道理。如果我说，意大利人爱吃面条，这并不是谎言，我只是简化了意大利复杂的现实。意大利有着深厚的传统文化，意大利人吃面条时，头上可能还会戴顶鸭舌帽。再拿美国人来说吧，他们爱吃炭火烤牛排，他们吃牛排时，可能会带着顶牛仔帽。英国人则戴着圆顶硬礼帽，下午五点的钟声刚刚敲响，他们就开始喝下午茶。这种简化的刻板印象，本身不是一件坏事，那就像身处一间拥挤的大厅，一眼望过去的印象，或者对一幅幼稚图画的感觉。我们每天的生活中，都会运用到这些刻板印象，有时是给别人讲述真实发生过的故事，有时是进行虚构时。有人嗤之以鼻地说：这些都是刻板人物、刻板的印象和境况，真是无聊。如果我们想要抬高刻板印象的作用，它们有点像童话的叙事功能。要是不借鉴童话，任何故事都讲不下去，无论是口头还是写下来的故事，无论是剧院、电影院还是电视里的故事。相反，当叙述者有意识地运用童话原型时，或者说，他们运用到涵盖普遍感情的故事：狼和小羊、魔鬼和救人于苦难的神灵、坏人和诚实的人、英雄和叛徒、国王和王后、美女和野兽，故事就会讲得特别顺畅。同样，人们在讲故事时，也会有意识地运用到一些刻板的人物和处境。在一些普及、流行的故事中，刻板印象会变得很重要，运用这些元素的人会严格遵守其中的套路，高超地运用到他的故事中去。在这种情况下，这个故事就像一场旅行，会在一些特定的车站停靠。虽然俗套，但读起来令人愉悦。问题在于，在使用这些刻板印象时，我们有时候并不知道它们粗糙肤浅、充满偏见，误以为事实就是这样。让人意想不到的是，当我们汲取自己的直接经验时，就会产生这种情况。有些人讲述真实经历过的事情，他们的故事里存在大量的刻板印象，我们指出来也没用。他们会反驳说："你看，事实就是如此，那小偷就是那不勒斯人，巷子里就是挂满了晾晒的衣物。"他说得对，事实经常以刻板印象的形式呈现出来。然而在这种情况下，讲述者要面临的挑战是：他们要基于这些刻板印象和刻板人物，打破这种局面，写出让人惊异、激动人心的故事。这是一种大胆的行为，可能行得通，也可能行不通，这就像我们每天在所处的环境中写作一样。实际上，我们在世界上的定位，难道不是基于一种出于方便的概括？难道不是基于一些偏见？我们还误以为这是自己的想法。难道我们不是迟早要面对现实？就像任何让人尊重的现实，只有我们在冒险尝试打破常规，这些现实才能被人辨认出来，才可以得到讲述。一个故事很好，那是因为它从刻板印象的桎梏中，发现生活的真相。正因为真实的生活会向四面八方蔓延，所以看起来无法捕捉。

2018 年 11 月 3 日

书和电影

我写了一本书，有人决定把它拍成一部电影，然后呢？大家开始动手做，但第一印象总是让人很痛苦。首先，小说中的文学包装被撕开。这是一个糟糕的时刻，我耗费了好几年工夫写了那本书，现在似乎一切场所、事件和人物都变得贫瘠。在小说中，经过精心描述的一个广场，在电影里被简化为一个普通名词：广场。我用了好几页文字讲述出来的一件事，被压缩成了一段字幕。那些人物只剩下了名字、简单的动作和对话。去掉皮肉之后，小说忽然间就像是用文学语言堆砌起来的，是一种欺骗和掩饰，这真让人觉得羞耻。故事经过简化提炼之后，我觉得，书里蕴含的激烈感情全蒸发了，显得很平庸。我不得不面对一个现实，我在写小说时，忽略了一些现在看来很重要的东西，而在一些没用的东西上花了太多心思。这时我真想说：放弃吧，我觉得我的小说不合适拍成电影。后来我慢慢习惯了为电影进行创作，这是一种功能明确的写作，可以让小说实现跳跃，成为一部新作品：电影。我这时静下心来，我的小说也不错，它包含着那些我应该写、我会写的东西。现在书躺在书桌上，完全自洽。但电影还不存在呢，它要拍出来就需要剧本，而剧本写作就是要考虑到电影的需求并满足这些需求。剧本写作的目标正是这一点：为拍摄做准备。我在阅读剧本时，尽量会考虑到这些文字的目的。大的框架就是我书中所写的，但一切都需要重组，按照拍摄的需求进行重新构思，因为拍摄电影才是真正的目标。只有意识到这一点，想象力才能激发出来。在写作时，我有时会很确信，有时会很模糊，但现在我看到的一切都很清晰。我感觉到，在小说中没写出来的场景，在电影里需要添加上。我会写出一些对话，运用的语气可能是在小说中我无法接受的。我经常觉得，我是用一种从来没用过的方式，重写了我的小说。当一切都梳理清楚之后——经过润色和修改，故事很流畅，对话也很合理，工作看起来似乎完成了。然而这只是开始，因为我们得到的只是一个初稿，一方面它把小说缩减成了一个骨架，另一方面，它仍然具有所有书面文字的特征：模棱两可，具有开放性，可以有多种呈现。在影视作品中，一切恰恰相反，所呈现的东西必须很明确：道路、教堂、隧道、房子、房间、教室和长凳。在剧本之外，每一个细节都要得到具体的呈现。至于书本，它会不动声色地落在后面，而电影会是它众多化身中的一个。

2018 年 11 月 10 日

英年早逝

有一个我特别在意的朋友，英年早逝，死得时候只有三十八岁。她和一个她爱的男人结婚了，生了三个孩子，她的事业也开始崭露头角。她去世时，我比她年轻很多，现在我比她去世时老了很多。有很长一段时间，我都把三十八岁当成一个终点。如果她的生命在三十八岁时结束，那么无法排除这种事情也会发生在我身上的可能。就这样，我之前以为我的生命会像她一样，无法超过三十八岁。我知道这听起来可能很荒谬，但在我内心的某个角落里，我就是这么想的。总之，如果能活三十八岁，我还是很满意。我后来加快了生活的节奏，我对于时间的概念，在很多方面都和很多同龄人不一样。我在向前奔跑，而他们会停下来歇息。我感觉自己很年长，背负着各种责任，而他们很年轻，可以不负责任。我一直觉得时间不够用，我很晚睡觉，很早起床，我会利用所有零碎时间。因为我生孩子很早，我要在工作、厌倦和糟糕的婚姻之间，给自己找一条出路，尽快找到自我。这样我才可以说：这就是我，这些是我的才能，是我经过考验之后展示的能力。而我的同龄人，他们未来似乎有着无穷的时间。还有一点，我对于生命的各个阶段、衰老和死亡，带着一种不合常规的情感。比如，有很长一段时间，当我听人说：他英年早逝，才六十四岁就走了，我会感到一种莫名的厌烦，就连我自己也会觉得不可理喻。对我而言，六十四岁已经是寿星了，简直是多余而无用。也许从某些方面来说，这是对我那位过世的朋友、她丈夫和几个孩子的冒犯。当我三十八岁时，事情慢慢发生了改变，我为自己活过三十八岁感到高兴。我想：之后的一切都是赚的，我开始无意识地放缓了脚步。时间一年年过去，回首过去，我觉得我的生活过于稠密，我对自己、对他人的要求太高了，我觉得很不安。我的生活远比我朋友贪婪，现在我还要比她活得更久吗？不仅如此，每过去一年，我就松一口气，甚至心满意足，就像我赢得了一场比赛，就像我正在顺利冲向一个只属于我的终点。生命就这么溜走了，一刻也不停，我幸运地多抓住了一点时光。我感觉自己像个小偷，一方面感到愧疚，另一方面又很享受自己的偷盗癖。如今我觉得我的朋友是一个很完满的人，我喜欢她那遥远、圆满的人生，她让我感动。我仍然有些不情愿地等待着人生的新阶段。

2018 年 11 月 17 日

忌妒

让我不悦的是，我经常会陷于忌妒。我经常会写下这种糟糕的感情，但通常都很尴尬，很不坦然。实际上，我写出来的东西总是让人失望：从莎士比亚到普鲁斯特，所有话都写尽了，我再写也是白费力气。而且我在自己身上，在那些我深知很爱吃醋的人身上，在我爱过、我还爱着的人身上探寻这种感情，这常会激起我的厌恶。更不用说，我经常会听到别人的抱怨：算了吧，你并不是很了解那些爱忌妒的人，而我深受其害。总之，忌妒就像一个泥潭，我们即使是把手伸进去，也捕捞不到任何让人满意的真相，那些很透彻、属于我们的真相。另一方面，我们很难无视这种情感：不管你是否愿意，我们每个人或多或少都有过这种经历。忌妒不仅存在于恋爱关系里，也存在于其他关系之中。当然，我遇到过一些人跟我发誓说，他们不是那种爱吃醋的人。但很快我就发现，他们在说大话：醋意会突然浮现在他们眼中，他们会匆忙把它赶走，并希望我没注意到。尤其是那些有文化的人，他们会小心掩饰他们的忌妒心，因为他们知道这是一种卑微而强烈的奢望：他们无法容忍与之密切相关的人，在他们之外，在其他人身上获得快乐。那些爱忌妒的人，他们想成为所爱的人唯一的幸福源泉。即使根据经验，他们很清楚：人们对生活的渴望很强烈，急切地需要扩张，一种关系根本就无法满足。当一个人受到吸引时，可能不会顾及自己拥有的稳定情感，这种人真不在少数。当然，有一些比较清醒、自制力强的人，他们会很清楚，他们在意的人不会乖乖地待在他设置的围栏里。他觉得，监视别人是不可能的，每次醋意爆发都会表明他是一个很脆弱的人，他并非不可或缺。他害怕被抛弃，这会让他变得沮丧，失去光彩。为此他拼命忍住怒气，他会用一种嘲讽或自嘲的语气说话。有时在醋意的促使下，他甚至会对所在意的人投入全部关注，尽可能善解人意、体贴入微。这种做法值得赞赏，但并非总是可行，我们似乎在竭力向所爱的人表明，无论是私底下，还是公开场合，我们都离不开他们，我们无法得到满足。因此当我们的不满占上风时，毫无疑问，我们不可能成为他人生活的一切，我们会感觉走投无路。我们把另一个人关进“牢狱”，我们宁可他精神上死亡，甚至是肉体上死亡，我们也不愿在他逃跑时蒙受羞辱和伤害。

2018 年 11 月 24 日

天赋远远不够

关于天赋的讨论已经延续了上千年，但就我所知，目前还是没得出什么结论。现在跟古代一样，有人说诗人是天生的，不是后天成为的。有人说虽然天赋很重要，但还不够：如果要成就一番事业，那还是需要后天培养。我属于持第二种观点的人，西塞罗、昆体良当时也是这么说的。光有天赋还不够，要是没有文化，我们就会把属于所有人的精神财富当成是我们的个人发现。因此发现自己有艺术天赋的人，就不应该浪费它，而是要好好培养，不只是满足于内心的声音。内心当然重要，但为了不挥霍自己的创作力，最好是花工夫掌握一些历史上人们积累的经验。不要随波逐流，而是要严格选择一些大师，建立自己的艺术谱系，并从中汲取能量和灵感。这是不是就意味着任何有点天赋、拿着某个学校或美院的毕业文凭的人，就算做好了准备，可以成就一番伟大事业？我觉得并非如此。这就意味着，任何有表达的欲望和需求的人，就可以把自己的体验通过合适的形式表达出来。如果可能的话，最好不要成为一个讨厌的人，比如拉住贺拉斯的袍子，央求他读自己的作品。问题在于，学习也无法保证有天赋的人创作出伟大作品。有一种更神秘的东西会在不知不觉中介入进来，它会以一种让人惊异的方式，作用于天生的兴趣和后天的培养，这就是运气。可惜的是，创作出新艺术形式的人，只有天赋是不够的，拥有培养和完善天赋的机会也不够，创作的人必须要有运气。是的，就是要靠运气了。别人取得了很大成果，而我们却没有。当我们无法找到更体面的说法时，我们就告诉自己这是运气。我们来看看，这句话是什么意思。有人可以很自律，一辈子运用智慧和才华，塑造一个属于自己的世界，但从来都没尝试过质的飞跃，而运气就是那一跃。那是一个无与伦比的时刻，我们的那些很个人、很局限的作品会发生蜕变，就像游历阴间的幻觉变成了《神曲》，在海上冒险的经历变成了《白鲸》。不幸的是，没人可以向我们保证——我们、外界评价都不行，即使是成功也不行——那突然向上的一跃真正发生过，或者未来才会发生。我们作品的未来，比我们的未来更加前途未卜。我们必须接受这样的现实：埋头工作，不问前途。

2018 年 12 月 1 日

女版名著

有时我会自己玩一个游戏，我会拿起一些主人公是男性的小说——通常是一些很有名、我特别喜欢的小说，我想：如果主人公是女性，故事还行得通吗？比如梅尔维尔的《抄写员巴特尔比》，这本书的主人公是女性会怎么样？史蒂文森的《化身博士》呢？伊塔洛·斯韦沃的《泽诺的意识》呢？伊塔洛·卡尔维诺的《树上的男爵》呢？然而很多年来，这个游戏主要围绕着纳桑尼尔·霍桑的短篇小说《威克菲尔德》展开。这位名叫威克菲尔德的先生，生活在十九世纪拥挤的伦敦，一天早上，他告别妻子后离开了。他本来是出去几天就回来，但他其实没离开伦敦。他无缘无故，也没有计划，就住在一间离家很近的房子里，一住就是二十年。他只是默默地看着自己的“缺席”，直到他以同样冲动的方式回到了妻子身边。这部小说很有名，研究的人也很多，对这部小说进行思考，这很有意思。但在此，我只想说说我经常思考的东西：如果威克菲尔德不是男人，而是女人，不是丈夫，而是妻子，这个故事会怎么样呢？我甚至一度试图重写此书，颠覆霍桑的原著，但很快我就搁浅了，有些东西行不通。问题在哪里，我不确定自己是不是搞清楚了。当然也存在一些故事，讲述女性忽然离家出走，有的是真实的，有的是虚构，但问题明显不在这里，可能问题也不在于回归上。虽然依据我的经验，女人决定放弃一切，这是很寻常的事，她们回来，通常是因为在某种程度上，男人需要一个港湾（我认识许多夫妻，他们在十几年甚至二十年后重新和好，一般都是男人提出来的，特别是老年的到来，再加上对疾病与死亡的恐惧让他们做出这个决定）。我担心，女版的威克菲尔德，故事最核心的地方会行不通，会在故事最黑暗、最神秘也是最精彩的地方卡住。你要想象，一个女人二十年都住在离家不远处的地方，会时时看到她的家人，看到他们受苦、他们的容貌发生改变，却丝毫不妥协。这样一来，小说就很难讲下去。威克菲尔德在场，同时又不在场，他就像一个无所事事的神灵，在一旁袖手旁观，并不会介入，我觉得这个形象必然是男性。然而，霍桑构思的这种处境——这种不动声色的监控，这种冷漠的接近，深深地吸引着我。有时，我会觉得，这好像是对女性的刻板印象造成的，让我们认为有些事只有男人能做得出来。如今，一个女版的威克菲尔德，态度可能会更彻底。也许，强调这种在场同时又不在场的荒谬处境，可能会挖掘一个矛盾处境最深处的东西：对别人的需要，还有摆脱别人的需要。

2018 年 12 月 8 日

诗歌与小说

我从小就认为，只有真正杰出的人才能做诗人，但人人都可以写文章。这可能是学校教育的结果，让我对写诗的人产生了一种敬畏之情。学校的教材和老师，都致力于把诗人描绘成超凡脱俗的人，他们有崇高的品德，有时也有一些迷人的缺点。他们得益于缪斯的恩惠，可以经常与众神对话，能够回首过去、展望未来，比任何人都能高瞻远瞩，自然还有他们卓越的语言天赋。我觉得这些诗人让人窒息，所以我决定换个角度，重新给他们定位。我没有重新评价他们的作品，我反而成为了一个更狂热的诗歌读者。现在，我全身心地热爱诗歌，词语出人意料的大胆组合，这很微妙，让人难以描述，让我着迷。我坚信，写出平庸的诗是一种罪过。如果现在就像几个世纪之前流行的方式，人们仍然用诗歌体创作，出于羞怯和不自信，我可能不会去写作。尽管小说经过漫长的斗争之后，已经占据了叙事文学的主体地位，但它在我心目中地位不是很高。从某种程度上来说，我觉得它门槛很低。另一方面，可能我从小就有一种好高骛远的野心，我特别热衷于语言的考究。我内心对诗歌的向往一直在驱使着我，让我不甘平庸。我想要证明，虽然我写的是小说，但语言并不比诗人逊色。我在写作时，赋予文字节奏、韵律和诗歌的意象，但这对于小说来说简直太致命了。在诗歌里能揭示耀眼真相的诗句，在小说里会显得惺惺作态，很虚假。小说的文字按照某种节奏写出来，选用一些震撼人心的词汇和修辞手法，避免平庸的文字，这会让文本矫揉造作，异常古怪。就好像写作的人并没明白一个道理：小说里也具有诗意，但并不是通过诗意化的句子展示出来。我迷恋那些优美的诗句，但我自己写不出来，我花了很多时间才能理解它们。我想写出高雅、震撼人心、充满创意的作品。然后我告诉自己：诗意，或者说美感，是要通过小说的语言一行行获取，也就是说，你要写出明晰精确、有表现力的句子。提出这种创作方案很容易，但把它付诸实践很难。我犹豫不决，今天我自我放逐，明天可能会自我惩罚，对写出来的东西永远不满意。因为担心过于抒情，我经常强迫自己写一些没有情感的句子。有时候，我会重新捡起问题很多的初稿，而不会采用一篇完美无瑕、矫揉做作、让人难以忍受的终稿。在每个句子上都用力过度，这真是一个改不掉的坏习惯。我觉得，我学到的唯一东西就是把那些风格优美，但不能展示人的行为、不能揭示人性的文字，马上丢到垃圾筐里。

2018 年 12 月 15 日

这就是我

我属于那种不喜欢照相也不喜欢录像的人。我一旦注意到那些喜欢我的人用手机对准我，我就会转过身去，用手遮住脸说："不行，拍出来很丑，别拍了，我不上相。"但不久前，我找到了一张我十七岁时的照片，我特别喜欢那张照片，甚至给它装了相框，把它放在书架上，这真是一件神奇的事。所有见到这张照片的亲戚朋友，毫无例外都很疑惑：真漂亮，这真的是你吗？甚至有一个与我认识了几十年、感情很深的人，她称赞了这张照片许久，然后跟我说："说真的，我觉得你以前不是这个样子的。"慢慢地，我也承认，我很喜欢这张照片，正是因为它一点儿都不像当时心目中的自己。有没有可能，我只有在十七岁时才长这样？那是让人痛苦的青春期快要结束时，我的相貌就像一般青少年那么易变？很难说。现在想起来，我觉得十七岁那年，我对自己的相貌并不满意，但照片证明了我还不错。我必须承认，这张照片当时并没打动我，也许它只是我想要撕毁的照片里的一张。也有可能，我并没有特别讨厌这张照片。正因为我对自己评价不高，我觉得那张照片不像我，我很快就把它遗忘了。这张照片到底是怎么拍出来的呢？难道我只有在拍照的那一瞬间才是这样的吗？那张照片证明了照相机也会出错吗？那种照片是设备虚构出来的？但现在，我为什么要给它装上相框，把它展示出来呢？难道现在我想要欺骗自己，在回忆那个人生阶段时，我要回想起自己从未有过的样子吗？在今天早上，在写作的过程中，我似乎找到了答案。照片上的我是真实存在过，但和过去的我，也和通常的我不一样。照片上的我展示出了自己最好的一面，不同于平常的样貌。我认为，这件事不仅仅会发生在我身上，也会发生在任何人身上。那是非常罕见的时刻，一门成功的考试、一次勇敢的举动，或者做出富有创造力的行动，我们心满意足、充满惊喜地说，我没想到我能做到。这时所有人，甚至包括照相机，也对我们说，啊，你今天真是太棒了。我们从身上释放了另一个自己，每个细胞都洋溢着幸福，连我们的面容也变了。我们就像某些转瞬即逝的水妖一样，露出海面之后，很快又沉入深海，恢复了平日的样子。

2018 年 12 月 22 日

阴暗的天空

我小时候就特别喜欢下雷阵雨，成年之后，面对黑压压的天空、闪电、雷声、雨声、水坑，还有衣服被淋湿的气味，我也会感到莫名兴奋。自然，我也很喜欢晴朗的天气，但对我来说，下雨前的各种气味，对我有着特别的意义。每次，可能要下雷阵雨时，妈妈会反复叮嘱我，她担心我会感冒，让我穿很多衣服，裹得我透不过气来，她还担心我把脚弄湿。但我很想去踩下雨形成的水沟，我喜欢湿漉漉的头发粘在头皮上、雨水流进眼睛里的感觉。无论儿时还是少年时代，我就感觉下雨预示着冒险，意味着置身野外、对布满乌云的天空发起挑战。我像很多其他女性那样，成了一个特别喜欢春天的女人，喜欢在太阳底下待着，但也喜欢秋天，甚至是寒冷的到来——尽管不经常。简而言之，我想说的是，我从来没担心过天气的变化：

炎热、闷热、刮风、下雨、下雪、严寒，越是天气恶劣，我越喜欢待在户外。四季交替，循环往复，就像一只追着自己尾巴的欢快小狗。几十年前，我出于好奇读了一些气候变化的文章。刚开始，我觉得这是一种落后的灾难学说：温室效应加剧，全球变暖，海洋温度上升，冰川融化，世界末日即将来临。我还是用通常的方式来进行阅读，想了解一种观点形成的过程，但也是为了激发自己的想象。实际上，我不太理解这种观点是如何形成的，也想象不出来。人类造成的众多灾难，有没有可能会导致地球毁灭？人类是自然界中微不足道的生物，在他们短暂的历史中，真的会不可逆转地毁灭所有一切吗？我从小就接受了一种观点：发展是无限的，尽管只有少数人能享受到发展与进步，但只要改变生产和消费方式，社会还是会按照正义向前发展。我们小时候学到的东西根深蒂固，很难纠正。有一段时间，我心平气和地接受了这个观点：气候变化一直存在，人类与最新的变化关系不大。这真是很愚蠢的观点，经过研究之后，我很后悔之前的想法。但现在，我就像那些艰难地获得一个新视角的人，经常纠结于此，我不停地跟我的亲戚朋友强调这些问题："海平面上升，冰川正在融化，温室气体增多，大气变暖，这些都是我们错误的生活、生产方式导致的，需要马上做出改变。"特别是，季节变化带来的快乐消失了。我厌烦漫长的夏天，我害怕无休无止的酷暑。我害怕乌云密布的天空，害怕忽然狂风暴雨、路上水流成河，把人和其他物体埋在淤泥之下。

2018 年 12 月 29 日

小说的教诲

文学本来有一个由来已久的功能，现如今这种功能已经淡化，可能是因为它和政治以及伦理的密切关系。我想说的是这种观点：一篇文章的众多任务中，必须有教育作用。在最近五十年里，我们都谨小慎微，尽量说服自己，文章带来的乐趣和它的风格密不可分。毋庸置疑的是：文本是由词语组成的，词语越是精心挑选、优美组合，就越能吸引读者。但文字令人愉悦的同时，也会呈现某种世界观，渗入到我们的身体，潜移默化，改变我们看问题的方法，塑造我们的感情甚至是姿态。总之，根据长久以来的传统，文学风格除了给读者带来乐趣之外，还具有让人移情易性的教育作用。我们喜欢一个文本，也是因为它不经意间启发了我们，也就是说，作者把丰富真实、活生生的经历直接传递给读者。这时候，文本不再只是精挑细选的词汇的堆积、生动形象的比喻和让人耳目一新的类比。重要的是，作者通过什么方式，进入到文学传统之中，写作者不仅要有组织文字的能力，更需要有自己的想法和概念，有一种急迫讲述个人体验的愿望。个人语言天赋就像一张紧密的网，它从日常经历中进行捕捞，通过想象力进行加工，同时要与人类处境的基本问题联系起来。因此，风格真的就是一切，意思就是，它越强大有力，就越具有启迪人生的作用。但要注意，我指的并不是那些通过文学来讲述重大问题的小说：世界饥荒问题、新法西斯主义的威胁、恐怖主义、宗教冲突、种族主义、体验性欲的不同方式、数字化带来的影响，等等。我当然完全不反对写这些主题的人，我反而很乐意阅读这些作品。他们选择了主流媒体谈论的热点话题，通过一个故事，以巧妙的方式把问题展示出来。现在这类小说越来越多了，里面有很多科学或社会学的数据，谈论威胁地球的各种灾难，都很有说服力。这类作品传播思想，宣扬某种观点，在政治斗争中表明立场。但当我谈论小说的教育作用时，我说的并不是这类作品，我指的并不是一种具有教育意义或说教性质的文学。我只是努力表明，一本有价值的作品也是传播知识的一手材料，因此文学会传递那些让人意想不到尤其是难以通过其他形式进行传递的知识。我说的是快乐的学习，在清晰又富有情感的文字冲击下，我们受到潜移默化，有时候甚至会发生根本变化。

2019 年 1 月 5 日

最后一次

这次演练到此结束，我给了自己一年时间，现在一年已经过去了。我从来没有做过类似的尝试，开始之前我犹豫了很久。我害怕每个星期的交稿时间，我担心要在不想写的情况下进行写作，我担心没有经过斟词酌句、精心修改就要把稿子交出去。最后我的好奇心占了上风。我努力面对这个挑战，我想象，我要以书面形式回答五十几个问题，每个星期一个问题。我想，这是我可以应对的事情，因为这些年我都用书面形式回答记者的提问。我很努力地写了下来。但我必须承认，尽管《卫报》的编辑非常客气，但我一直都担心无法胜任这份工作，担心自己无意中写出来的东西会冒犯到读者，担心会对自己失去信心，在约定的时间期限之前，不得不放弃这个专栏。令人欣慰的是，写作的喜悦冲散了发表的焦虑不安。现在我可以肯定地说，尽管将来我可能不会再重复这个体验，但它对我很有用，感谢《卫报》给我的这次机会。我一直都是从小说作家的角度写这些文章，面对一些我很在意的问题，如果我有时间、有心情的话，我愿意就这些问题展开真正的叙述。我觉得，在我关注的所有感情中，我只排除了一种，那只是因为多年以来，我都在讲述这种感情。我最近的书也在探讨这个问题，我说的是不平等带来的问题，它在经济、社会和文化层面带来的危害。我不得不说，这个时代的很多事情都让我担忧，人类中的大部分：很多孩子、女人和男人，都遭受不平等带来的影响。在我看来，这是困扰我们的很多问题的根源。尤其是，这种不平等会产生智慧和创造力的巨大浪费。如果这些人能受到良好教育，并能发挥自己的才能，那我们的历史就不再是一系列让人难以忍受的恐怖事件，而会成为一个活跃的实验室，会弥补迄今为止我们造成的损失，或者至少可以检验结果。最后，我要对一些人表示感谢：首先是耐心地把我的文章翻译成英语的译者；感谢对文章进行检查、修订、删减或补充的编辑，也感谢给文章取标题的人，还有带着想象力、智慧和幽默感进行创作的插画师。我尤其感谢读这些文章的热心读者。在写这个专栏之前，我习惯了写书的节奏，习惯了每本书的完整性和独立性。这些书会进入到书店，遇到读者。我身为作者，刚开始会有些焦虑，但很快会继续过自己的日子。有很多年，我都会尽可能地远离出版作品带来的焦虑。这次的专栏写作，却让我每个周六都很紧张。我一直要呈现自己的“碎片”，好不容易才写完一篇，就开始为下一篇担心了。还不错，这些文章有它们的读者，有的可能会喜欢，有的可能会讨厌，这很正常。我想感谢所有赞同或反对我的人，无论是极少人还是很多人，他们都是支撑我写出这些文章的人。

2019 年 1 月 12 日